메리골드 마음 세탁소

A INCRÍVEL LAVANDERIA DOS CORAÇÕES

메리골드 마음 세탁소

A INCRÍVEL LAVANDERIA DOS CORAÇÕES

YUN JUNGEUN

TRADUÇÃO DE NÚBIA TROPÉIA

intrínseca

Copyright © 2023 by 윤정은 (Yun Jungeun)
Publicado originalmente por THEBOOKMAN. Todos os direitos reservados. Nenhuma parte deste livro pode ser utilizada ou reproduzida sob quaisquer meios existentes sem autorização por escrito dos editores.
Copyright da tradução © Editora Intrínseca Ltda., 2024
Esta edição foi publicada mediante acordo com THEBOOKMAN, por intermédio da BC Agency, em Seul, e de Patricia Natalia Seibel, em Portugal.

TÍTULO ORIGINAL
메리골드 마음 세탁소 (Marigold Mind Laundry)

COPIDESQUE
Luis Girão

REVISÃO
Luara França

DIAGRAMAÇÃO
Ilustrarte Design e Produção Editorial

DESIGN
형태와내용사이

ILUSTRAÇÃO DE CAPA
송지혜

ADAPTAÇÃO DE CAPA
Lázaro Mendes

CIP-BRASIL. CATALOGAÇÃO NA PUBLICAÇÃO
SINDICATO NACIONAL DOS EDITORES DE LIVROS, RJ

j92i

Jungeun, Yun
    A incrível lavanderia dos corações / Yun Jungeun ; tradução Núbia Tropéia. - 1. ed. - Rio de Janeiro : Intrínseca, 2024.

Tradução de: 메리골드 마음 세탁소
ISBN 978-85-510-1048-8

1. Ficção sul-coreana. I. Tropéia, Núbia. II. Título.

24-87875
CDD: 895.73
CDU: 82-3(519.5)

Meri Gleice Rodrigues de Souza - Bibliotecária - CRB-7/6439

[2024]
Todos os direitos desta edição reservados à
EDITORA INTRÍNSECA LTDA.
Av. das Américas, 500, bloco 12, sala 303
22640-904 – Barra da Tijuca
Rio de Janeiro – RJ
Tel./Fax: (21) 3206-7400
www.intrinseca.com.br

Aqui vai uma hipótese:
se você pudesse consertar algo de que se arrepende;
se pudesse se livrar da dor de uma ferida entalhada no coração,
como se fosse uma mancha incrustada,
você seria feliz?

Se pudesse se livrar daquela única dor,
você encontraria a felicidade?

A LAVANDERIA DOS CORAÇÕES

Naquela vila, quando a primavera ia embora, chegava o outono, e quando o outono ia embora, a primavera voltava. Em um globo terrestre do tamanho de uma bola de futebol, a vilazinha teria o tamanho de um grão de poeira. Esse lugar existia, mas ninguém sabia disso. Era um local repleto de flores e árvores misteriosas, e as pessoas que viviam ali eram cheias de um vigor inimaginável. Além disso, elas não tinham asas, mas eram belas como fadas.

Lá os dias sempre se alongavam, como flores desabrochando. O céu era de um azul gélido, e o clima não era nem quente nem frio. Havia fartura de comida e as risadas nunca cessavam, e, por viverem com pureza no olhar e no coração, os habitantes não sabiam o que era ódio, sofrimento ou tristeza. Estavam sempre em harmonia, pois ninguém fazia qualquer comentário maldoso.

Alguns moradores dessa vila nasceram com o dom de ser luz para o mundo, levando calor para onde quer que fossem. Eles dançavam sob a delicada luz da lua quando essa subia ao céu e passavam o dia com um sorriso caloroso e radiante quando o sol nascia. Aquele frio de encolher os ombros não existia no corpo dessas pessoas, tampouco em seu coração.

Um belo dia, de forma inesperada, o verão quente chegou ao coração de um morador dessa vila. E foi falando isto que tudo começou:

— Ei, acorde. Você está bem?

— ... Sede...
— O quê? Não escutei.
— ... Água...
— Ah, água! Aqui está.

Um homem passava os dias explorando a trilha que se estendia por cada recanto da vila. Como guardião do lugar, ele era encarregado de realizar diversas tarefas, independentemente da importância. Caminhava por ali respirando fundo e observando a natureza, até que avistou a mulher caída na beira da trilha.

O rosto dela era de uma palidez incomum, e o cabelo, longo e escuro. Seus lábios tremiam como se quisesse dizer alguma coisa, e, depois de tomar alguns goles da água que o homem lhe oferecera, ela acabou desabando outra vez. Ele nunca a tinha visto na vila. E, no momento em que ela desmaiara, as folhas das árvores vieram esvoaçando e a ampararam, formando um leito aconchegante.

— Ei, moça! Você não pode ficar deitada aqui! Onde você mora? Pode deixar que eu a acompanho até sua casa.

O homem ficou parado meio sem jeito ao lado da mulher desmaiada. Aflito, pensou que as folhas pudessem acabar sujando de verde o vestido branco que ela usava, então tirou a própria roupa e a cobriu, depois se sentou ao lado dela.

É proibido dormir aqui, mas... agora não *há muito o que fazer. Quando ela acordar, vou ter que perguntar onde mora e levá-la para casa. Mas, nossa, de repente meu coração ficou leve, estou com sono... por que será? Que estranho...*

Abraçando os joelhos, ele tombou e adormeceu.

— Desculpa, mas que lugar é este?

O homem acordou com um leve balançar em seu ombro. Assim que despertou, ficou hipnotizado pelos olhos azuis da mulher que fizera a pergunta. Olhos tão profundos quanto o mar, ou o céu, que ao refletirem a luz pareciam azuis, mas ficavam castanhos quando ela piscava com seus lindos cílios alongados. Ele ficou fascinado por aqueles olhos misteriosos.

— Hum, aqui... como posso dizer? Hum... É uma vila com poderes mágicos.

— Poderes mágicos? Tem um cheiro aqui que eu nunca senti. Reconheço a energia dos lugares pelo cheiro e... aqui tem um aroma gostoso de paz. Só que, por mais estranho que pareça, não consigo relacionar ele a nada. O vento é agradável, o clima também. Adoraria morar num lugar tranquilo como este, se fosse possível.

— Então... que tal morar comigo aqui na vila?

O homem fitava os olhos dela, as palavras lhe escapando antes mesmo que pudesse pensar. Ele se levantou num salto, o rosto e as orelhas vermelhos. A mulher o encarava, hesitante e sem saber o que fazer, até que, por fim, abriu um belo sorriso.

— Está bem — respondeu. — Eu aceito.

A frase "foi amor à primeira vista" tem lá suas incoerências, mas os dois tiveram até uma linda menininha e viviam em paz na vila com seus dons fantásticos. Apesar de misteriosos, esses dons não podiam ser usados para fazer mal aos outros, e quando a primavera chegou outra vez, o que era chamado de outono foi viver feliz em outra vila.

A mulher, que se dedicava a colocar amor em tudo o que fazia, de repente se sentiu tão feliz que foi até inundada por certa angústia.

Não, não pode ser, é impossível. Este lugar é desconhecido para quem vem de fora. A única pessoa nesta vila que sabe o que é sentir angústia sou eu...

Ela balançou a cabeça e o pensamento se dissipou.

Na madrugada, mesmo quando o fogo era apagado, a calidez do amor continuava presente e um calor gostoso pairava sobre a casa. Toda noite, antes de ir se deitar, a mulher sentia o aroma ao redor e ficava aliviada com aquela calmaria. Quanto mais o tempo passava, mais confortável ficava. E os dois, cujas feições gentis se tornaram parecidas, costumavam acender a pequena luminária do quarto e conversar de mãos dadas até caírem no sono.

Ambos tinham ficado grisalhos com a idade, e sua adorável garotinha estava crescendo saudável e prestes a se tornar uma moça.

Naquele dia, porém, a mulher estava com uma expressão mais preocupada do que o normal.

— Querido, não está na hora de conversarmos sobre o poder de nossa filha?

— Hum... Ainda é cedo.

— Como assim "cedo"? Ano que vem ela se torna maior de idade. Hoje em dia ela só usa seus dons quando é necessário, mas é preciso aprimorar a forma de controlá-los.

— Nossa filha ainda não conhece os próprios dons. Ela vai ficar muito assustada se souber de forma tão repentina.

— É verdade... Você tem razão.

— Logo vai chegar a hora certa de contarmos a ela.

— Está bem, como quiser. Mas quando nossa filha descobrir que tem esses dons, seria bom que ela passasse um tempo sem ler livros com histórias de outras vilas.

— Combinado. Há muitos sentimentos nas histórias de outras vilas... É preciso tomar cuidado para não relacionar esses sentimentos aos dons que ela tiver.

Enquanto isso, presságios preocupantes chegavam tardiamente para a filha, que não sabia dos próprios dons. Na verdade, fazia tempo que ela suspeitava da existência deles, mas sempre acabava atribuindo tudo apenas a uma grande capacidade de sentir empatia ou a uma forte habilidade de "fazer acontecer". Contudo, por lhe haver sido atribuída a função de utilizar a magia para o bem, ela precisava enfrentar provações destinadas àqueles com o dom de se tornarem luz para o mundo.

Se essas pessoas não conseguissem superar as provações, não seriam capazes de usar adequadamente seus dons e precisariam perambular por muito tempo em busca de um meio de tratar as feridas do próprio coração. No entanto, se fossem capazes de superá-las, poderiam usar seu dom de forma plena e viver uma vida iluminada. Seria uma vida encantadora e respeitável, mas também solitária e angustiante. Pois onde a luz brilha há também uma escuridão profunda. Tal como o lado oculto da lua.

A mulher se instalara naquela vila após desmaiar enquanto fugia da cidade em que morava, de onde trazia feridas não cicatrizadas. Vivendo ali, o amor conseguiu curar seu coração machucado. Por isso, tinha esperanças de que a filha pudesse viver como uma flor que nunca murchava, sem que ninguém jamais a ferisse, sob a luz secreta da vila mais encantadora do mundo.

No entanto, o que o vento leva, ele traz de volta. Aqueles que conversavam com sua filha ficavam com o coração leve, e a garota realizava os desejos deles, e seu dom ia sendo cada vez mais enaltecido. Agora estava chegando a hora em que ela deveria sair da vila para aprimorar e controlar diferentes sentimentos que não existiam ali. Poucos escolhidos daquele lugar sairiam pelo mundo e usariam seus dons e feitiços para ser luz. Normalmente, os sinais surgiriam cedo na infância e a filha frequentaria uma escola preparatória, mas a garota era um caso especial — suas habilidades foram se manifestando conforme ia amadurecendo.

Hã? Eu também... tenho... um dom?

A garota ficara lendo até tarde da noite. Quando saiu do quarto para pegar um copo d'água, seguiu em direção à luz que passava pela fresta da porta e acabou escutando a conversa dos pais. O espanto foi tanto que ela se sentou ali mesmo, sentindo uma estranha palpitação no peito. *Mas que raio de dom será esse? Quem vou ter que ajudar com esse poder? Será que vou precisar sair da vila como as outras pessoas com habilidades? Como será esse mundo de que nunca tive nem um vislumbre?* A apreensão e a expectativa a inundaram ao mesmo tempo. Sem fôlego, ela se recostou na parede e continuou escutando a conversa.

— Mas na nossa vila já existiu alguém com mais de um dom?
— Eu soube que pode ter existido no século passado.
— ...

A garota estava tão concentrada nas vozes quase sussurradas que por um instante perdeu a força nas pernas. Ela se apoiou na parede, deu dois passos e se sentou com dificuldade numa cadeira. O fato de ter um dom era espantoso, mas como podia ter mais de um? Ela se sentia tonta e confusa. Pela janela, a noite estava mais escura e sinistra do que o normal. Era uma noite em que a lua e as estrelas ocultavam seus rostos. Uma noite que podia abrir os portões de saída da vila.

Vai ficar tudo bem. Não vai acontecer nada. Não mesmo...

Respirando fundo e devagar, ela se recompôs e fechou os olhos. Um, dois, três...

— Pai! Mãe! Não vão embora! Não me deixem sozinha! Por favor, voltem...

De repente, a garota acordou chorando. Tivera um pesadelo em que todos aqueles que amava eram levados embora por um tornado. Um sonho em que um vento forte vinha e arrebatava tudo o que ela amava, deixando-a sozinha. Era a primeira vez que sentia aquilo. Seriam aqueles os sentimentos de "angústia" e "pânico" mencionados num livro da estante secreta da biblioteca de casa, que ela lera escondido? Os pais a haviam proibido de ler histórias de outras vilas antes de dormir, mas... todas as noites, enquanto todo mundo dormia, ela pegava um livro da estante secreta, por pura curiosidade. Na história que lera naquele dia, pessoas amadas eram sugadas por um buraco negro mágico, iam parar em outro século e precisavam ser resgatadas.

Sem conseguir se controlar, a garota colocou a mão sobre o peito palpitante e chorou copiosamente por um bom tempo. Que estranho. Ao chorar daquele jeito, era de se esperar que seus pais aparecessem às pressas, mas por que estava tudo tão quieto? O sono deles era tão pesado assim? Do contrário, seria aquele momento um sonho? Por que ela não estava sentindo nenhum cheiro? Com o coração apertado, observou seu entorno e, sem acreditar no que estava vendo, esfregou os olhos. Então os fechou, e quando os abriu de novo, os esfregou mais uma vez.

No entanto, por mais que esfregasse os olhos, o cenário não mudava: não havia sobrado nada à sua frente. Aquilo era um sonho. Com certeza era um sonho. Só podia ser um pesadelo. Ela iria fechar os olhos de novo e voltar a dormir. E iria sonhar com outra coisa. Era uma noite esquisita. Ela voltou a fechar os olhos com força.

Daquela vez, antes de cair no sono, vieram à sua mente as últimas palavras que escutara ao se sentar naquela cadeira. E que ela achava que fosse parte de um sonho.

— O dom de ter empatia com a tristeza dos outros e aliviar esse sentimento é algo muito bom, mas o dom de tornar desejos realidade? É perigoso e poderoso demais...

— Por que só descobrimos isso agora? Se soubéssemos antes, teria sido muito melhor... Se nossa filha tiver que aprimorar sozinha o que aprenderia na escola preparatória, imagino que ela terá um caminho bem difícil pela frente.

— Não se culpe por isso. Você sabe que não adianta chorar sobre o leite derramado. Por mais que só tenhamos descoberto agora, vamos dar todo nosso apoio a ela.

— Eu sei. Mas quando ela souber do dom, vai ficar com isso na cabeça por um tempo, e os sonhos vão surgir logo em seguida. Precisamos tomar cuidado para que ela não tenha pensamentos hostis. Amanhã à noite, quando estiver um clima tranquilo, precisamos contar a verdade para ela.

— Vamos fazer isso, então. Mas se ela demonstrar os dois dons...

A garota tinha ido dormir sem conseguir escutar o restante daquela conversa, e se afundou num remorso sem fim. Ela deveria ter ouvido tudo até o final... não, ela não deveria ter saído para pegar água... não, não deveria ter ficado acordada até tarde... não deveria ter escutado a conversa dos pais às escondidas... não deveria ter lido um livro de outra vila, para começo de conversa... não deveria ter ido até a estante secreta. Quanto mais ela refletia, mais seu remorso crescia, como uma bola de neve.

Apesar de ter fechado os olhos com força, aquilo não era um sonho. Era real. Estava tudo arruinado, literalmente. *Por minha causa, aqueles que eu amo se foram e eu fiquei sozinha.*

Como seria bom poder voltar atrás numa situação de que nos arrependemos... Será que faríamos uma escolha diferente? Isso seria realmente possível?

Não, como seria bom ter o dom de saber com antecedência que algo ruim aconteceria e assim impedir aquilo. Talvez desse para fazer...

Não, não dá. Se fosse assim, tudo poderia sumir do nada, num instante. Bastou um piscar de olhos para o mundo iluminado de antes ficar tomado de escuridão.

Isso é um sonho.

Só pode ser um sonho.

— Isso não é um sonho. É real.

De vez em quando... ou melhor, muitas vezes, a realidade é mais cruel do que os sonhos.

Não importava o quanto fechasse e abrisse os olhos, ela continuava sozinha, dormindo e acordando onde estava sentada. Para a garota, era desolador perder as pessoas que amava por não saber usar o próprio dom. De alguma forma, porém, ela acreditava que conseguiria consertar tudo.

Procurando em todos os materiais da escola preparatória, se deparou com o seguinte trecho:

No começo, quando estiver aprendendo sobre o seu dom, o controle desse poder ainda não estará desenvolvido por completo e demandará concentração excepcional. Especialmente no início do treinamento, muitas coisas podem acontecer. Os pensamentos que surgem logo antes de dormir são formados pelo que acontece na vida real, portanto, para não fazer mau uso deles ou colocar-se em perigo, preste muita atenção. Antes de dormir, não se esqueça de meditar e pensar em coisas boas.

Era inútil. Não importava o quanto pensasse ou sonhasse em ter sua amada família de volta, quando ela abria os olhos, estava sozinha.

Será que meus pais foram enviados para outro século, como na história do livro? Se eu vasculhar todos os séculos, posso encontrá-los de novo. Até reencontrá-los, nunca vou envelhecer. Mesmo se eu renascer um milhão de vezes, ainda vamos nos reencontrar, não é? Vou procurar os dois, com certeza. E vou trazê-los de volta.

Assim como, em situações de crise, algumas pessoas manifestam uma força sobre-humana que até então não imaginavam ter, neste momento de desespero e profunda tristeza, a garota também conseguiu colocar em prática um dom especial. Não fazia muito tempo que havia descoberto os próprios dons, mas, pegando emprestada a força do momento, impôs a si mesma a missão de percorrer os séculos e renascer um milhão de vezes. Ela ignorou todos os avisos de que a empreitada poderia ser perigosa. *O lugar para onde as pessoas que eu amo foram é mais perigoso ainda.* Ela continuou ignorando os avisos sobre utilizar seu dom para fazer boas ações e perpassou todos os séculos procurando sua família. A garota de bochechas sempre coradas e um sorriso amoroso constantemente no rosto atravessou séculos e mundos, renascendo inúmeras vezes, e aquele sorriso foi se perdendo. Mas estava tudo bem. Desde que encontrasse sua família. E assim ela continuou, renascendo e perambulando pelo mundo enquanto realizava um número incontável de ações.

Onde vocês estão? Por favor, apareçam... Eu imploro... Se pelo menos tudo isso fosse um sonho...

Mesmo tendo renascido e procurado com avidez, ela não conseguiu encontrar as pessoas amadas. Acabou não conseguindo chegar ao fim da própria vida nem viver feliz. Ela precisava encontrar os pais, mas decidiu que pararia de ficar renascendo para, enfim, envelhecer e morrer. Como estava, não conseguia ficar alegre em estar sozinha nem era livre para envelhecer naturalmente. Ela prometera que encontraria os pais e que iriam sorrir juntos de novo. Tinha ignorado o princípio da magia de utilizar seu dom para fazer o bem e o usado em benefício próprio.

No entanto, quanto mais ela renascia, mais seus olhos escuros e profundos se enchiam apenas de tristeza, e ela foi se tornando uma pessoa indiferente, que não chorava nem sorria. Numa solidão profunda, sem comer nem dormir direito, e com o olhar vazio, ela foi minguando até ficar franzina.

Após chegar à conclusão de que deveria manter a aparência que tinha quando foram separados — pois do contrário a família poderia não a reconhecer —, ela fez com que sua idade avançasse apenas a ponto de não alterar seu rosto. Num século, era uma moça em seus vinte anos; no outro, em seus trinta. Algumas vezes, também vivia como se tivesse quarenta, mas não passava dessa idade. Seu medo era de que a família não a reconhecesse, ou que a memória dela já estivesse tão fraca a ponto de ela mesma não reconhecer mais os pais. Era um percurso extenuante. E as horas cruéis passavam mais depressa do que ela se dava conta.

Esta já é a milionésima vez... Quem me dera o dia de hoje ser um sonho...

Por mais que pensasse com afinco, ela não sabia por que esse pensamento não virava realidade, ou quando seus dons iam se manifestar de forma mais concreta. Não há nada mais difícil do que viver agarrada a algo que não se entende. Ela deveria ter pegado o material da escola preparatória e ido embora da vila...

No primeiro dia de uma nova existência, após já ter renascido sabe-se lá quantas vezes, a garota abriu os olhos, levantou-se da cama devagar e pegou a chaleira para ferver a água.

— Vai, ferve a água. Borbulha... Por que não está funcionando?

A garota, já habituada a falar sozinha, abriu a tampa da chaleira com a mão direita e despejou a água com a esquerda. Toda vez que ela renascia, seu desejo de voltar com a mesma idade, a mesma aparência e no mesmo tipo de local se tornava realidade. O que é que estava faltando?

— Cadê a xícara? Eu deixo sempre no mesmo lugar.

Ela procurou na prateleira de cima, abriu e vasculhou a gaveta de baixo, e acabou encontrando a xícara branca numa prateleira bem à sua frente. Ela encarou o objeto. Desde quando estava aí...?

Enquanto isso, a água fervia com um chiado.

Que-sau-da-de.

A garota se lembrou daqueles com quem convivera no século anterior. Eles diziam sentir saudades, mas ela sentia mais. Na verdade, já estava exausta havia muito tempo. Como bloquear a liberdade de sentir, para viver sem qualquer alegria, se havia pessoas gentis que aqueciam o seu coração? Ela, que não era nem um pouco gentil com os outros, apenas saía de perto o mais rápido possível quando começava a se acostumar com as pessoas a sua volta, para não se sentir mal por não fazer nada de bom por elas. Mesmo que agisse com frieza e fingisse ser alguém difícil, o rosto daqueles que aqueceram seu coração lhe vinha à mente. Às vezes, ela queria parar de andar sem rumo e poder ficar na companhia deles.

— Será que tenho esse direito?

Cada vez que sentia vontade de permanecer ali, a garota saía correndo daquele mundo.

Mas nem sempre ela estava só triste. Também havia uma coisa que gostava de fazer.

Ela adorava escutar em silêncio as histórias das pessoas à sua volta. Nessas horas, utilizava seu excepcional dom de sentir empatia para transferir os sentimentos, e seu coração ficava inconsolável. Quando os sentimentos começavam a suavizar, ela oferecia um chá a quem estivesse contando a história, que lentamente lhe abria um sorriso.

Dessa forma, uma atmosfera agradável surgia entre eles no momento em que relaxavam. Para ela, escutar histórias tristes, melancólicas ou revoltantes não era algo pesado. Ela vivera mais tempo do que os outros, e isso naturalmente a fez entender que, na vida, havia mais momentos de tristeza do que de alegria. Quando as pessoas abriam o coração para ela, a voz de cada uma era como música.

Além disso, essas histórias estavam incrustadas dentro das pessoas, como uma mancha no coração, e o melhor momento era quando ela limpava essa mancha e o coração das pessoas saía purificado. E, ao amansar tantos corações cheios de segredos, ela se perguntava se algum dia o coração dela também seria preenchido. Esperava que sim.

De fato, a garota sabia que possuía um dom. Tinha medo de usá-lo por completo, no entanto. Ela temia que mais alguém desaparecesse. Será que amar sempre vinha junto do medo de perder a pessoa amada? Ela parara de envelhecer e, à medida que as pessoas de seu convívio iam ficando mais velhas, precisava se preparar para partir de novo, apesar de não ser uma decisão fácil.

Por acaso ela não amava aquelas pessoas o suficiente para procurá-las em todo lugar? Ainda que viesse renascendo havia um bom tempo, ela se martirizava pelos erros do passado... Era por isso que não conseguia ver com clareza aquilo de que precisava? Assim como tinha acontecido com a xícara?

A garota segurou a xícara branca, observando-a, e refletiu enquanto a enchia de água. Tanto colocar a água para ferver quanto despejá-la são escolhas. Tudo está dentro dos pensamentos... Até mesmo renascer estava ficando bem difícil. Teria chegado a hora de parar? Não. Ainda não. Melhor não pensar naquilo.

Ela balançou a cabeça para afastar o pensamento. Despejou a água quente na xícara e a assoprou antes de beber. Só então foi inspecionar a casa. Sempre que renascia, ela nunca se mudava para um lar com estrutura diferente da que já conhecia, ainda que a vila fosse outra. Uma casa com um quarto, uma sala, uma cozinha pequena numa construção simples de quarenta metros quadrados, com poucos móveis, não mais que uma cama, uma penteadeira pequena, um guarda-roupa, uma cadeira e uma mesa. Séculos antes, tinha desejado uma casa grande e suntuosa, mas, por morar sozinha, isso apenas aumentava sua solidão.

Ela conseguia um trabalho a cada novo renascimento, mas, como não usava o salário para nada, acabou acumulando todos os ganhos. Conforme renascia, sua soma de dinheiro aumentava, e as necessidades, diminuíam. Enquanto inspecionava a casa já tão conhecida, ela foi até a sala e parou em frente à janela.

— Que coisa linda...

Ela escolhera o vilarejo da vez, a Vila dos Cravos, por conta do nome. Era a flor favorita da mãe, então havia certa familiaridade naquilo. A casa onde a garota morava era a mais alta entre as casas cor de tijolo que se agrupavam como as flores na vila. Um cheiro de arroz cozido parecia vir de uma ruazinha de trás. O sol nascia e se punha ali com toda a calma. E era possível ver outras casas, o interior de cada uma iluminado por uma luz amarela, com fumaça saindo das chaminés.

A garota olhava pela janela, imóvel. Apesar de a vila não ter muitos moradores, isso não queria dizer que ela se sentia solitária ali. Segurando a xícara, abriu a porta da varanda e sentiu os azulejos frios sob os pés descalços.

Ela estava de costas para o mar, o vento soprando em seu rosto, e, ao olhar para a esquerda, perdeu o fôlego. O sol se punha em todo o seu esplendor, tingindo o céu de escarlate, como se labaredas de fogo estivessem entrando devagarinho no mar. *O pôr do sol não é mesmo deslumbrante?*

A vila ficava no topo de uma montanha, de um lado, cercada pelo mar, do outro, pela cidade. Ela fechou os olhos e inspirou fundo: sentiu o cheiro da água. E olhando aquela paisagem que mesclava o mar, a cidade e a vila, a garota se sentiu só. De súbito, uma lágrima quente escorreu por seu rosto.

— Nossa, por que o pôr do sol tem que ser tão lindo assim? Ainda existe beleza no mundo...

Antes que alguém visse, ela secou a lágrima depressa e fixou os olhos na paisagem crepuscular. O vento soprava, o aroma das flores chegava até ela. Quando afastou o cabelo esvoaçante, as cores do crepúsculo encheram seus olhos.

— O que é isso? Conheço esse cheiro...

Puxando o ar ao máximo, a garota recordou-se de um cheiro que sentira fazia muito tempo. Ela sabia de onde vinha: tinha se lembrado do cheiro da saudade.

Ela tomou a água da xícara, já fria, e, num instante, o sol desapareceu na superfície do mar. Seu brilho, no entanto, permaneceu no céu, espalhando sua cor escarlate.

A escuridão não chegou assim que o sol se pôs. Ainda que não fosse mais possível vê-lo, sua luz se conservava. Era isso. A luz e a escuridão se juntavam no mesmo lado, em vez de estarem em lados opostos. Ela observou a paisagem se cobrindo de breu, a luz solar espiando por uma fresta da escuridão intensa. Por mais que tudo parecesse mergulhado no escuro, havia um brilho quase imperceptível.

Pouco a pouco a noite foi caindo. E, mesmo profunda, a escuridão se fundiu à claridade, fazendo com que o sol e a lua convivessem no céu. Será que não conseguimos ver a lua durante o dia porque estamos apenas tentando ver o sol? A garota passou a noite encolhida, abraçando os joelhos, sem se mexer. E a noite se tornou madrugada, que se tornou manhã. O escuro pareceu durar uma eternidade, mas o amanhecer chegou uma vez mais. O que se ganha ao não se esforçar para viver? Os dias não trarão de novo as manhãs?

— Nesta vida, nem a luz, nem a escuridão são eternas...

Nesse momento, a garota se lembrou das pessoas que conhecera no século anterior, e de quando lhes oferecera o "chá de consolação". Quando elas tomavam o chá, era como se a escuridão dentro delas se dissipasse, e, tal como a alvorada despontando devagar, as pessoas erguiam os olhos e sorriam.

— Eu... me lembro!

Cracccc! A xícara escorregou da mão dela, cacos brancos se espalhando por toda parte. Agora, restava apenas a memória. *Por que agora?* A garota levou as mãos à boca, mas já era madrugada e ninguém a escutaria, mesmo se gritasse. Ela pôde ouvir as últimas palavras do pai, que permaneceram em sua mente quando ela desmaiou após escutar a conversa entre ele e a mãe.

— Mas para usar bem ambos os dons, primeiro ela deve aprimorar o dom de aplacar o coração das pessoas e aliviar a tristeza delas, e só então utilizar o dom de realizar sonhos. Talvez ele sirva para ajudar com as dificuldades de cada um. É um dom especial e valioso, não há muita gente com esse tipo de dom em nossa vila. Ela foi escolhida.

Por que agora? Por que... agora...? Não havia lhe restado forças nem para chorar. Sem mexer um músculo sequer, a garota imaginou o próprio desaparecimento. E então seu corpo foi ficando cada vez mais translúcido. Às suas costas, mais uma vez, o sol chegava para se dedicar às obrigações do dia.

— Ah, é a minha cabeça... Por que não consigo sumir?

Antes de desaparecer, ela fechou as mãos, e, nesse momento, os cacos da xícara quebrada se tornaram pétalas de flores brancas e voaram pela janela em direção ao céu. Ali, elas se acomodaram entre as nuvens e as afastaram, para que o sol pudesse reluzir na janela. Os raios de sol que brilhavam no céu azul-escuro aqueceram a roupa que a garota usava, transformando instantaneamente aquela peça num vestido de cetim preto adornado com camélias vermelhas.

Assim que abriu os olhos, o cabelo todo preso da garota se soltou. Era como se ela passasse por uma noite calma e parada antes do temporal, como se uma grande tempestade viesse chegando. E seria um dia daqueles.

— O pôr do sol daqui é sempre melancólico. Como se toda vez fosse a última. Como se o amanhã não existisse.

Por muitos dias, a garota ficou inerte, apenas observando o nascer e o pôr do sol. Por fim, saiu de casa. Estava tão ressentida que a última lembrança do dia mais doloroso de sua vida tinha vindo à tona... Agora que ela sabia aquilo, não podia continuar daquele jeito. Por enquanto, ela abriria mão do ressentimento e da culpa, e, quando isso acontecesse, tentaria resolver o problema e sobreviver à crise. Talvez no fim houvesse uma solução. Mas, por ora, precisava encontrar um lugar e uma forma de apaziguar de verdade o coração das pessoas. Ali, na Vila dos Cravos.

— Ué, além do seu netinho, agora você está cuidando de mais duas crianças? Já comeu?

— Já, sim. Eles vão lá em casa no fim de semana. Vou fazer um pouco de *eomuk*.

As pessoas da vila que passavam por ela falavam umas com as outras com naturalidade. Elas iam e vinham, carregando comida quente em sacolas plásticas pretas e um punhado de notas de mil wons. Por morarem em uma vila tão pequena e simples há tanto tempo, os moradores sabiam até quantas colheres cada um tinha em casa.

— O *kimbap* é por conta da casa! Haha!

— O quê? Que tipo de *eomuk* eu comprei para o *kimbap* ser por conta da casa? Só pode ser sobra! Aqui, pegue o dinheiro.

— Ah, pare com isso! Amanhã você paga.

A garota observou a troca de farpas bem-humorada. Que estranho! Ouvir aquela conversa a fez sentir fome, pela primeira vez em muito tempo.

Ela entrou em um velho restaurante chamado Nosso Botequim, onde era possível ficar escutando as conversas das pessoas. A mesa vermelha tinha manchas de gordura incrustada e era daquelas que continuavam grudentas mesmo depois de passar um pano. Ela resistiu à vontade de corrigir os erros de ortografia no menu e pediu uma porção de *kimbap*, um rolinho de arroz envolto em alga.

Mas em qual vida será que eu comi arroz pela última vez? Pelo menos nesta vida acho que é a primeira...

A garota tinha uma tarefa a cumprir. Considerando isso, comer alguma coisa em um restaurante talvez fosse até um luxo. Ela era o tipo de pessoa que sobreviveria se tudo o que ingerisse o dia todo fosse uma cápsula de energia. Num dos séculos anteriores, cuidara de alguém que estava no fim da vida, por isso tinha a receita de como produzir as cápsulas... Do rosto da pessoa, contudo, já havia se esquecido.

A chefe do estabelecimento entregou o *kimbap* à garota, que parecia abatida.

— Tem que comer mesmo se não quiser, senão vai acabar sumindo de tão magra! — disse ela. — Também estou sem apetite hoje, mas me forcei a comer. E mal consegui. Se não comer, o estômago vai diminuindo.

Ela se lembrou de ter escutado alguém dizer a mesma coisa sobre ter que comer. Tinha sido em qual época mesmo? Automaticamente, colocou o *kimbap* na boca. Olhou com indiferença para a barriga saliente e o velho avental florido que a mulher usava e inclinou a cabeça.

Não está tão gostoso... Será que é porque faz muito tempo que eu não como?, pensou. A mulher trouxe a sopa de alga com *eomuk*, que borbulhava de tão quente.

— Mas qual é o seu nome, mocinha? — perguntou.

Desconfiada, a garota contou com os olhos as cebolinhas e pimentas que boiavam na sopa. Fixou o olhar nas letras grafadas num panfleto amarelo desbotado na mesa ao lado: "Mercado Jieun". Ficou em silêncio por alguns segundos enquanto mastigava o *kimbap*, e depois, com os lábios trêmulos, respondeu:

— É Jieun.

— Jieun? Que nome bonito! Bom apetite, e, da próxima vez que vier, experimente o *ramyun*!

Então seria isso. Jieun, um nome bonito. Jieun, a que inventava histórias. Tinha gostado daquele nome que arranjara às pressas. Ela abriu um leve sorriso e levou à boca uma colherada da sopa cheia de cebolinha e pimenta.

Que sopa mais quentinha...

Ao terminar a porção de *kimbap*, a garota, ou melhor, Jieun disparou:

— Minha senhora, quanto custa este lugar? Eu quero comprá-lo.

— Como é que você vai comprar este lugar? Bateu a cabeça, foi? Por acaso a mocinha tem dinheiro?

— Hum... Mesmo se for muito, eu tenho, sim.

— Caramba, você é cheia da grana?

— De quanto dinheiro alguém precisa para ser "cheio da grana"? Trabalhei muito para ganhar esse dinheiro, mas, em algum momento, perdi o interesse em gastar. Como não gastei, o dinheiro está guardado. É por isso que tenho muito agora. Enfim, é só me dizer quem é o dono daqui que eu vou oferecer o triplo do valor. Em troca, vou reduzir seu aluguel pela metade e congelar o valor pelo resto da vida.

— Gente, mas você é rica mesmo! Além de um rosto lindo, também tem um coração lindo. Se tiver o dinheiro para comprar, então compre! Deixe eu achar o telefone do proprietário... Ahá! Aqui.

Ao olhar com atenção o número rabiscado no velho bloco de anotações, Jieun abriu um sorriso travesso.

— Minha senhora, em troca, daqui para a frente, você vai ter que deixar o sabor da comida do jeitinho que está agora. Não vá inventar nada novo para o cardápio, hein? Não vá perder sua essência!

— Ei, eu sei tomar conta das pessoas. Eu cozinho bem! Mas como é que você bota o olho em alguém e já começa a falar desse jeito?

— Eu sou mais velha do que pareço. Com certeza já vivi mais do que você.

— Então tá bom, sei, você viveu mais que eu, sim...

A mulher começou a rir, olhando para Jieun, com aquele cabelo preto esvoaçante batendo da cintura e a expressão séria no rosto muito branco. A garota parecia estar na casa dos vinte anos, mas também parecia ter quarenta e poucos. Assim que botou os olhos nela, parada na frente do estabelecimento, com olhos tristes e inexpressivos parecendo ocos, de alguma forma sentira pena de Jieun. A garota parecia uma casca seca, a ponto de dar vontade de abraçá-la, e a mulher suspeitava que fora por isso que a havia chamado para entrar.

— Mocinha, quer dizer, Jieun, onde foi que você comprou esse vestido com estampa de flor? Gostei muito dele. Ficaria superbem em mim!

Jieun deu uma olhada no vestido cheio de flores vermelhas que estava usando, enquanto a mulher alisava a barriga por baixo do avental cor-de-rosa florido. As mãos dela eram enrugadas e os nós dos dedos, grossos. Uma lembrança nostálgica atingiu Jieun, fazendo seu coração palpitar.

— Mãe, como seria se a gente não tivesse coração?

— Hum... A gente não sentiria amor, nem alegria, nem tristeza, nem emoção alguma, né?

— Não sentir tristeza ia ser uma coisa boa, não?

— Alguma coisa deixou você triste?

— Não, é que eu li num livro sobre "tristeza" e "sofrimento" e fiquei curiosa.

— Quando estamos sofrendo, talvez passe pela nossa cabeça tirar o coração, lavá-lo bem para tirar as manchas de tristeza e pendurá-lo para secar ao sol. No dia seguinte, o coração vai estar sequinho e limpinho, e será bem gostoso viver com ele.

— Dá para tirar o coração?

— Se não der para tirar, que tal desenhar um coração numa folha de papel?

— Tá bom! Mas se você um dia estiver triste, pode me abraçar, mamãe — dissera a menina de bochechas coradas, vestido amarelo e olhos brilhando.

Na época, em vez de responder, a mãe havia feito carinho nas costas da pequena com delicadeza e tirado um biscoito do avental.

A filha o pegara e dera uma mordida. Em seguida, com o rosto cheio de farelo, tinha saído correndo com os braços abertos. O frescor das flores soprava como um redemoinho, engolfando a garotinha, que rolara entre as pétalas vermelhas até se misturar a elas e desaparecer.

— Faz cinquenta séculos que comprei este vestido — respondeu Jieun para a mulher do botequim. — Já nem fabricam mais. Até depois, minha senhora.

A tristeza se fixou nos cílios longos e escuros de Jieun, que desviou a atenção do avental da outra quando a lembrança nostálgica lhe escapou. Ela inspecionou o estabelecimento enquanto fazia as contas. Em seguida, após dar um suspiro curto, pegou o celular e digitou com rapidez o número do proprietário. Conforme escutava o toque da chamada, ela notou um anúncio velho e desbotado colado no prédio ao lado do botequim.

LAVANDERIA DOS CORAÇÕES!
TIRAMOS TODAS AS MANCHAS. LAVAGEM
A SECO DE PRIMEIRA QUALIDADE!

Ela se concentrou naquilo. O anúncio estava descolando, com as letras desaparecendo.

— Uma lavanderia onde se removem manchas... Será que tiram até as manchas no coração?

LAVAGEM AUTOMÁTICA. EQUIPADA COM
AS MÁQUINAS MAIS MODERNAS!

— Um lugar com as máquinas mais... modernas. Bem, não me parece... tão moderno assim.

Jieun deu uma olhada no interior daquela lavanderia que já não funcionava mais havia tempo, e adotou um ar decidido. Como seria engomar um coração do mesmo jeito que se passa uma roupa amassada? Daria para ser plenamente feliz ao tirar uma mancha do coração? Os olhos escuros e profundos de Jieun começaram a reluzir.

Ali seria um bom lugar. Sua expressão séria foi aos poucos se suavizando enquanto ela fazia suas considerações, de olhos fechados.

Ao fundo, a noite caía devagar. Como sempre.

Alguns corações já ficam lisinhos só de serem passados de leve. De outros, é melhor e mais conveniente não tirar as manchas e deixá-las onde estão. Alguns corações têm furos tão grandes que é preciso remendá-los antes de lavar, enquanto de outros a água suja nunca para de escorrer, não importa o quanto se lave.

Como seria um lugar em que se pudesse acolher os corações e ajudar as pessoas a lidar com seus sentimentos? Ela lembrou de alguns lugares do passado; os mais confortáveis, em que podia bater papo com as pessoas de seu convívio. Muitos lugares a lembravam de pessoas queridas. O sobrado da sra. Chunbok perto do riacho; a sala do sr. Yeongsoo de frente para o mar; até o jardim da dona Sophie, numa vila rural em estilo europeu. Para secar bem as manchas incrustadas de um coração, era preciso um lugar onde batia sol.

Sua lembrança mais nítida era da casa da dona Sophie, com as pessoas que entravam e saíam quase todos os dias. No meio do jardim, havia uma enorme árvore centenária, debaixo da qual os vizinhos passavam os dias compartilhando histórias e comida. Como seria um lugar em que as pessoas pudessem ir todos os dias descansar à sombra, como se fosse uma casa de vó? Jieun estava tão perdida nesses pensamentos que nem percebeu o ligeiro sorriso que foi abrindo. Ela fechou os olhos e sonhou.

Deveria construir uma estrutura de dois andares, uma casa feita de troncos robustos de nogueira, com um jardim verde que floresceria o ano todo. O exterior poderia ser em estilo europeu, enquanto no interior seriam colocadas vigas em estilo tradicional coreano *hanok*.

— Quem entrar nesse lugar vai sair com o coração novinho em folha. Depois que as manchas sumirem, espero que os corações se renovem, formando anéis de crescimento, como o tronco de uma árvore.

Após subir os sete degraus da escada de madeira, haveria uma entrada em forma de arco cheia de camélias em flor. Ao passar por uma porta de madeira antiga, como se fosse a entrada para um jardim secreto, um outro mundo se revelaria.

— Já que vai ficar numa colina, o sol esquentará a casa durante o dia, e à noite o luar delicado vai iluminá-la.

Na noite escura, quando todos dormiam, a Lavanderia dos Corações surgiu em silêncio de dentro de uma luz vermelha, como uma grande floração. Feito pétalas se abrindo uma a uma, a construção desabrochou, um andar de cada vez.

No primeiro, foi criado um balcão enorme, onde ela receberia as peças para lavar e prepararia o chá. O segundo andar era a área da lavanderia propriamente. Ali, as manchas seriam removidas e os corações com vincos, engomados — e exatamente por isso ela tirou qualquer decoração exagerada. Havia um espaço para as máquinas de lavar e o ferro de passar, e foram colocadas duas mesas com quatro lugares cada para que os clientes pudessem descansar enquanto aguardavam.

— Ai, preciso colocar umas luzes...

Para que o momento das confidências não ficasse desconfortável, ela instalou uma iluminação amarelada e aconchegante ali, de baixa intensidade. Afinal, um espaço com luz reduzida seria mais relaxante para um coração cheio de segredos do que uma luz branca, muito forte.

No andar de cima, no cantinho da escada, havia outra escada circular, de ferro, que mal dava para uma pessoa. Ao subi-la, chegava-se ao jardim que adornava o terraço, no centro do qual estava instalado um varal para os clientes, além de outro para ela.

Antigamente, nos dias em que ouvia os lamentos das pessoas e lhes oferecia palavras de conforto, Jieun ia lavar roupa enquanto relembrava o que tinham conversado. Ela misturava o sabão, esfregava as peças e ficava observando a espuma branca. Conforme enxaguava, a sujeira saía junto com a espuma na água, e, ao terminar, ela sacudia as roupas, desejando que a tristeza e o sofrimento das pessoas também sumissem junto das manchas. Quando olhava para as roupas penduradas e a água pingando, sentia que os resíduos de todos os sentimentos do mundo estavam ali secando também. Um dia após Jieun lavar as roupas com todo o coração, as pessoas ouvidas por ela estavam com um ar leve, como um céu limpo, sem nuvens.

— Para o seu bem-estar, venha à Lavanderia dos Corações!

Assim foi inaugurada a Lavanderia dos Corações, na colina mais alta da vila, fruto do desejo sincero de Jieun de criar um espaço de conforto.

— Que alívio!

Ela abriu os olhos e admirou o novo estabelecimento. Fazia tempo que não usava aquele feitiço, e teve medo de que não funcionasse. No passado, Jieun quis muito concluir seu tempo de vida e envelhecer de verdade, mas não conseguiu. A dor que sentia por ficar renascendo em seu corpo jovem era diferente da de perder as pessoas que amava; era como se estivesse sendo rasgada. Pior ainda, em sua vida logo anterior àquela, por mais que tentasse, por mais que quisesse fazer alguma coisa com o dom que recebera, ela não tinha conseguido realizar um sonho sequer. Será que naquela nova vida ela havia recebido um dom diferente? Nitidamente exausta, Jieun soltou um suspiro baixo e deu alguns passos em direção à lavanderia.

Um, dois, três, quatro, cinco, seis, sete.

Ela subiu devagar os sete degraus da escada de madeira e se deteve na entrada. A brisa das flores vermelhas que emanava da construção rodeou os pés de Jieun e se infiltrou pela estampa de seu vestido.

Era uma noite tranquila. Assim que ela abriu a porta e acendeu a luz, o calor da lâmpada amarela pairou no ar, do jeitinho que imaginara. Ao sentir o aroma da madeira, Jieun aguçou os sentidos do coração. Podia ouvir algumas vozes próximas. Ela se concentrou nas conversas que seu coração ouvia e foi até a cozinha, na parte logo atrás do balcão.

Por um instante, ficou sem fazer nada, mas logo achou melhor preparar um chá de consolação. Pequenos vincos ficariam visíveis no coração de quem o tomasse, e haveria um sentimento de paz, mesmo que não durasse muito. Numa noite tão intensa como aquela, alguém poderia precisar com urgência do consolo de uma xícara de chá quente.

Não, talvez seja eu quem mais esteja precisando hoje...

— Se eu pudesse, tiraria meu coração inteiro, lavaria e colocaria de volta brilhando de tão limpo — murmurou Yeonhee enquanto subia a escada íngreme.

Era uma estação bonita demais para tanta tristeza. Era primavera, o verde estava em todos os cantos e o perfume das flores se espalhava com a brisa quente naquela bela noite.

— Como assim, tirar o coração? O órgão mesmo ou os sentimentos? — perguntou Jaeha, ofegante por causa da mochila pesada com o laptop.

Sentimentos tinham forma? Se sim, gostaria de tocá-los uma vez, se fossem retirados.

— É só um caso hipotético! Se todas as lembranças ruins fossem apagadas, a gente não seria feliz? Tenho muita mágoa no coração, então não paro de pensar nisso. Quando estou comendo, trabalhando, quando encontro meus amigos... eu dou risada, claro, mas sofro. Mesmo no trabalho, fico sofrendo. Só queria viver sem isso.

Yeonhee parou na metade da escada para fazer seu longo desabafo e respirar bem devagar. Ela quis inspirar puxando o ar quente e expirar soltando o ar frio, mas aconteceu o contrário. Nem sua respiração estava do jeito que ela queria.

— Quer saber? O coração é como qualquer objeto: se usar demais, começa a desgastar. Ultimamente, meu humor anda parecendo um objeto desgastado.

— Sei bem como é se sentir com o coração desgastado — admitiu Jaeha. — E não sei qual é o propósito de viver assim. Não faz sentido.

Ele não conseguia encontrar nenhum significado ou alegria na vida. Sempre se perguntava como seria gostar de viver. Talvez fosse como brilhar, quem sabe?

— Nós acordamos porque abrimos os olhos e vivemos porque estamos vivos — continuou ele. — Você não concorda?

Jaeha tirou um pedaço de lula do bolso da frente da mochila e o colocou na boca. Com os olhos semicerrados, encarou o céu noturno. Foi contando as estrelas brilhantes enquanto mastigava.

Ao ouvir as palavras de Jaeha, Yeonhee inclinou a cabeça para o lado e se lembrou de uma frase de Paul Valéry:

"O vento se ergue. Devemos tentar viver."

Se até o vento que sopra encontra uma razão para viver, por que é tão difícil para nós? Sentados no meio da escada, lado a lado, sob a luz trêmula de um poste, Jaeha e Yeonhee ficaram calados, absortos no silêncio da noite.

— Hoje o céu está limpo, mas não dá para ver a lua.

Jaeha se arrepiou com o ar gelado da escada de cimento frio e se sentou nas mãos. Viver era tão difícil quanto ficar sentado no cimento frio, mas ele queria sentir um calor como o que vinha da palma de suas mãos.

— Opa, espera aí... Yeonhee, o que é aquilo?

Jaeha levou um susto com a imagem que surgia atrás de si e se levantou em um pulo, agarrando Yeonhee. Os dois grudaram um no outro ao mesmo tempo, sem conseguir acreditar nos próprios olhos. *Será que nós finalmente enlouquecemos?*, pensaram.

Ao lado do bar localizado no topo da escada, flores de um vermelho muito vivo rodopiavam com o vento. Prestando atenção, dava para ver camélias voando aceleradas, e uma construção se erguia de dentro daquele redemoinho.

— Aquele lugar está florescendo...
— Está mesmo!
— Será que nós dois estamos sonhando a mesma coisa?
— Será? A gente se encontrou dentro do sonho?

E se eles fossem sugados de mãos dadas para dentro daquelas pétalas? Seria bonito de ver... Os dois estavam com as mãos encharcadas de suor. Num piscar de olhos, uma construção de dois andares surgiu por entre as pétalas vermelhas, dando a sensação de que uma propriedade estava sendo restaurada. Era uma imagem inacreditável, como se uma árvore tivesse desabrochado de uma flor.

— Jaeha... aquele negócio já estava ali antes? — perguntou Yeonhee, esfregando os olhos com força.

— Até onde eu sei, não...

— A nossa vida é tão ruim assim que a gente até enlouqueceu?

— Pode ser.

— Vamos lá...

— Quê?

— Vamos lá ver!

— Eu não...

Yeonhee subiu o restante da escada puxando Jaeha e se aproximou da construção. Às vezes, um segundo pode dar a impressão de ter durado mil anos, e era exatamente o caso naquele momento. Ao terminarem de subir as escadas e se depararem com a placa antiga, pareceu que uma eternidade havia se passado.

— "Lavanderia dos... Corações"? — leu Yeonhee, se esforçando para identificar as palavras grafadas na placa antiga.

— A placa parece bem velha, então essa lavanderia já devia estar aqui antes.

— É mesmo. Mas por que só estamos vendo isso agora?

LAVAGEM A SECO DE PRIMEIRA QUALIDADE.
ELIMINAMOS TODO TIPO DE MANCHA.

Após lerem devagar as letras no papel rasgado e desbotado, os dois viraram a cabeça para a direita. Era possível identificar o nome "Nosso Botequim", que ficara conservado. Para tentar ver o interior escuro, colocaram as mãos em concha em torno dos olhos e se grudaram à janela, espiando cada canto do lugar. A mesa vermelha com manchas pegajosas de gordura, o papel-alumínio amassado, até os potes de tempero; tudo continuava igual. Até os restos de fritura encharcada estavam ali empilhados.

— É sempre bom ter restaurante e lugar para comprar comida aqui na vila, mas, mesmo assim, só dá pra vir aqui se estiver com muita vontade de comer *kimbap* mesmo. Pode botar o tempero que for, mas o gosto não deve ser lá muito bom — comentou Jaeha, espiando o interior escuro.

Eles deram alguns passos para trás, conferindo a construção. Algo de errado não estava certo, e algo de certo não estava errado. Em uma noite sem lua como aquela, dava para acreditar em qualquer coisa. De vez em quando, um desejo sincero pode virar realidade.

Por um momento, os dois ficaram parados na frente do lugar que surgira diante deles, boquiabertos e com os olhos arregalados. Naquele instante, um misto de aromas de flores foi trazido pelo vento. Uma forte mistura de cheiros verdejantes.

Tiramos as manchas do seu coração
e apagamos suas lembranças mais tristes.

Para que você possa ser feliz,
até engomamos seu coração amassado
e eliminamos manchas difíceis.

Removemos qualquer tipo de mancha.
Venha para a Lavanderia dos Corações!

- Sra. Baek -

O pedaço de papel passou voando na frente deles como um raio de luz. Yeonhee o agarrou e leu devagar. Enquanto lia, o lado esquerdo de seu peito começou a palpitar. Com uma das mãos, ela segurava o papel, e com a outra, esfregava o peito no intuito de acalmar o coração acelerado.

— Você sabe, Jaeha, se eu puder simplesmente apagar minhas lembranças de Heejae, vou conseguir sorrir de novo!

Jaeha ficou parado olhando para Yeonhee, que soltou um longo suspiro com os olhos fechados. Ele colocou o braço sobre os ombros dela, segurou o papel junto com Yeonhee e também fechou os olhos.

— Se nossas dores pudessem sumir, se isso fosse possível mesmo, será que a gente conseguiria finalmente encontrar a felicidade? — murmurou Jaeha, pensando alto.

No mesmo instante, a porta da lavanderia se abriu suavemente. Agora eles deviam fazer uma escolha: seguir o fluxo daquela noite esquisita ou dar meia-volta e ir para casa?

Os dois começaram a andar ao mesmo tempo. Para qual direção seria?

— *Ahhhh!* Bem-vindos…

Ao sentir a presença das duas pessoas que entraram na lavanderia, Jieun se levantou e desceu as escadas. Bêbada de sono, observou Yeonhee e Jaeha — espantados com sua aparição repentina diante deles —, prendeu o longo cabelo preto e gesticulou para que se dirigissem ao balcão.

— Assustei vocês aparecendo assim do nada, né? — perguntou. — Faz tempo que criei o hábito de ficar zanzando por aqui. Ainda bem que já preparei o chá. Sentem-se e tomem uma xícara.

Yeonhee e Jaeha olharam para Jieun. Pareciam um tanto constrangidos. Em um instante, eles queriam se livrar das manchas de seus corações, e aí a porta de um lugar esquisito se abre e uma mulher surge oferecendo chá… Jaeha já estava repassando todos os erros que havia cometido na vida. Nenhum tinha sido assim tão fatal, no fim das contas. Eram mais como fantasmas.

— Bom, aqui é uma lavanderia. Vocês vieram por causa dos panfletos, né? Eu mesma fiz! Tudo bem que já tinha umas coisas escritas antes… Escutem, não fiquem assustados, sentem aqui!

Jieun despejou devagar o chá de consolação num recipiente branco de cerâmica e deu uma olhada nos visitantes. Seu coração captou a tristeza deles, e ela conseguiu sentir o sofrimento dos dois. Avaliou quanto precisaria limpar das manchas e colocou o chá quente nas pequenas xícaras. Seria tão melhor se bastasse engomar um coração amarrotado…

Yeonhee aceitou o chá e se sentou ao balcão. A mulher que os servia parecia ter uns vinte e poucos anos, mas também trinta ou quarenta. Num dos lados do rosto, vinte, no outro, era mais uma senhora de idade. Assim que botou os olhos neles, a mulher de aura peculiar e triste começou a falar amenidades, de um jeito íntimo e meio estranho. Sua expressão facial e os gestos ao falar eram elegantes, mas também de uma gentileza incomum. Mas que coisa, será que já tinham visto aquela mulher em algum lugar? Ela morava ali na vila? Os passos leves e o corpo esguio como uma colher fizeram Yeonhee se perguntar se ela se alimentava. Seus passos se assemelhavam a pétalas de flores se movimentando. Não exatamente bonita, diria, mas charmosa. Não… talvez bonita mesmo. Bom, uma mulher peculiar, de qualquer forma.

Yeonhee olhou para ela de relance e, com as mãos trêmulas, tomou um gole do chá, depois outro. O coração foi se acalmando aos poucos. Ela chamou Jaeha, ainda de pé, dizendo a ele que se sentasse, e indicou o chá com um relance. Tendo nascido e vivido desde sempre na mesma vila, os dois estavam acostumados a conversar só pelo olhar.

"Experimente."

"Não tem nada aí dentro não, né?"

"E daí se tiver? Vai ser pior do que nossa vida atual?"

"Justo..."

Assentindo, Jaeha colocou a mochila sobre o balcão, se sentou e pegou a xícara de chá.

Enquanto bebericavam, os dois olharam em volta. Por fora, o lugar parecia um daqueles cafés interioranos da Provença, do tipo que se vê em fotos, mas, por dentro, era um espaço com pouco mais de sessenta metros quadrados, que se assemelhava ao interior de uma casa tradicional *hanok*. Era tranquilo e confortável. Por algum motivo, eles quiseram entrar, e agora que estavam ali dentro parecia ainda melhor. O teto era todo formado por uma claraboia, por onde a luz do luar entrava de forma esplendorosa. *Espera, quando a lua tinha aparecido? Um minuto atrás não tinha lua no céu...*

— Mesmo sendo noite, estou sentindo uma preguicinha como se estivesse pegando sol. Não sei por quê, mas este lugar tem uma energia acolhedora, relaxante — comentou Yeonhee, indo até uma estante de madeira maciça que emanava uma atmosfera calorosa.

Plantas de folhas grandes e pequenas compunham um arranjo harmonioso, e ela gostou da aconchegante mobília também de madeira maciça. Ao pegar a xícara de chá outra vez, notou ali a imagem da lua minguante. O reflexo da lua na xícara e a vista do segundo andar pareciam uma pintura. É, "parece uma pintura" descrevia bem a coisa. Yeonhee se perguntou o que haveria no andar de cima.

— Então, aqui é uma lavanderia, né? — indagou, caminhando de volta na direção de Jieun, com um olhar curioso.

— Isso mesmo. Mas, só para vocês saberem, não é necessário pagar nenhuma taxa. O pagamento é feito a prazo com o débito direto do coração.

— Débito? Eu já tenho muita dívida... Ainda nem consegui quitar meu financiamento estudantil.

— Não é esse tipo de débito. Existe, no momento, alguma parte do seu coração que esteja amarrotada e você queira engomar ou alguma mancha que queira limpar? Aqui você pode ajeitar seu coração e viver uma vida mais tranquila. E aí, se um desconhecido estiver precisando de ajuda, é só ajudá-lo sem esperar nada em troca. Essa é a taxa que a lavanderia cobra. Entendeu?

— Hum, pelo visto os anjos não existem só em contos de fadas... Parece bom demais, hein?

Jaeha deu uma risadinha, enquanto tomava seu chá.

Yeonhee olhou feio para ele e foi até Jieun, que retirava duas camisetas brancas de manga curta de dentro de uma gaveta. Às vezes, quando uma pessoa é boa, só ficar perto dela já é gostoso. Ela não sabia por quê, mas, logo no primeiro contato, aquela mulher já tinha parecido ser uma pessoa do bem. Era muito estranho. A noite toda estava estranha.

— Tem uma para cada um — explicou Jieun. — Se o coração de vocês estiver manchado com feridas antigas ou se tiver algum vinco que precise ser engomado, vistam isto. Agora, se vocês quiserem lavar o coração, as lembranças dessa época também passarão por uma limpeza. Então avaliem bem se são lembranças que podem ser apagadas.

Jaeha deu mais uma risadinha e pegou a camiseta que Jieun oferecera, agradecendo com um gesto.

— Se um coração estiver manchado, não é melhor apagar as lembranças? — perguntou com sinceridade. — Ninguém vai ser infeliz por isso.

Em vez de responder, Jieun abaixou os misteriosos olhos escuros e balançou a cabeça algumas vezes. Depois, saiu de perto do balcão e foi até um janelão de vidro.

— Não ser infeliz é uma coisa boa? — questionou, admirando o céu noturno.

— Se alguém não é infeliz, isso não quer dizer que essa pessoa é feliz?

— Eliminar a infelicidade da vida quer dizer que só vai restar a felicidade?

— É... ou... não?

— As únicas emoções que você sente são felicidade e infelicidade?

— Não, né?! Como é que eu vou viver só com duas emoções?

— Então que tipos de emoção você sente?

— Ué, sinto sono, fome, fico irritado, não gosto de ir para o trabalho, e mesmo quando eu já estou lá quero ir para casa, essas coisas... Às vezes, se quero me sentir vivo, coloco um pedaço de lula na boca. Mesmo que eu mastigue por bastante tempo, continua duro. É igual à minha vida. Não importa quanto eu me esforce, o processo não fica mais fácil. Além disso, se eu ficar mordendo por muito tempo, o dente começa a doer. Não é irritante? Pois é assim que é a minha vida. Engraçado, né? Se isso é felicidade ou infelicidade, não sei dizer.

Jaeha ficou com vergonha por ter desabafado daquele jeito, quase como se estivesse fazendo um rap. O mesmo Jaeha que vivia dando risadinhas e que nunca se abria com ninguém além de Yeonhee. Não dava para atacar quem estava sempre sorrindo, não é mesmo? Por isso, por mais que odiasse ou se irritasse com quem estivesse por perto, Jaeha sorria. Se aquilo era felicidade, ele não sabia, mas seu lema de vida era todos os dias tentar receber a menor quantidade de críticas possível. Mas por que tinha sido tão transparente assim logo na primeira vez que via aquela mulher?

— De que lembranças tristes seria necessário nos livrarmos para seguirmos em frente de verdade? — Jieun foi direto ao ponto.

— E com quais lembranças dolorosas aguentaríamos ficar e ainda assim encontraríamos forças para viver, apesar da infelicidade que elas carregam? Às vezes, a tristeza nos dá forças.

Ao ouvir as palavras francas da mulher, Jaeha lançou um olhar vago para a camiseta que ela lhe dera e bebeu um grande gole de chá. Acabou vestindo a peça de roupa. Já fazia tempo que o sorriso zombeteiro tinha sumido de seu rosto. Yeonhee fechou os olhos enquanto Jaeha vestia a camisa. Aquele era o tipo de noite em que se diria qualquer coisa, só para continuar falando. E que trazia à tona lembranças nunca esquecidas, apenas deixadas de lado, guardadas.

— Você tem alguma mancha que gostaria de limpar? Vai precisar que eu passe algum amassado? — perguntou Jieun para Jaeha.

Ele não respondeu... Parecia entorpecido. Em vez disso, baixou a cabeça. Havia alguma mancha que ele gostaria de limpar ou algum vinco que gostaria de passar? Não sabia dizer. Com o olhar fixo em Jaeha, Jieun se levantou e foi até a escada que levava para o segundo andar.

— Tome o restante do seu chá e venha comigo.

— Ok...

Ele tomou o restinho do chá que estava na xícara e se virou para Yeonhee. Ela retribuiu com um aceno de cabeça e um olhar firme, depois abriu a mochila de Jaeha, retirou um livro, abriu numa página qualquer e começou a ler. Enquanto isso, ele subia lentamente até o segundo andar.

Perto da janela ali em cima, havia duas enormes máquinas de lavar roupa, além de uma de costura prateada e uma tábua com um ferro de passar. Apesar das máquinas e do ferro, a atmosfera do lugar era mais próxima da de uma cafeteria. Os móveis de madeira e a luz amarelada davam uma sensação reconfortante. Havia ali quatro mesas e dois sofás, e Jaeha se atirou no mais próximo.

— Feche os olhos e lembre-se do momento que deseja limpar — pediu Jieun. — Aos poucos, a mancha vai aparecer na camiseta que você está usando. Vá pensando nessa lembrança, se quer mesmo apagá-la, até o momento de tirar a camiseta. A escolha e as consequências são de sua responsabilidade.

— Tá, e depois de tirar a camiseta?

— A limpeza não vai demorar. Acredite em mim — afirmou Jieun, enquanto gesticulava para as máquinas.

De fato, existiam muitos métodos para limpar uma mancha, mas colocar a roupa manchada dentro da máquina de lavar era apenas um gesto, afinal, estavam ali para lavar corações. A remoção das manchas já acontecia apenas com o chá de consolação e a sessão de desabafo, mas era preciso tempo para que as pessoas escolhessem entre eliminar a coisa de vez ou deixar como estava.

— A mancha vai sair quando a limpeza acabar. E essa parte da sua vida vai ser completamente apagada, como se nunca tivesse existido. Limpar as manchas tem algumas vantagens, assim como não limpar tem outras, então pense bem. Porque quando se tem uma mancha, muitas vezes não sabemos o que é bom e o que é ruim ali.

Jaeha manteve os olhos fechados. Sem fazer barulho, Jieun se afastou e subiu a escada em direção ao terraço, para calcular quanto tempo ainda restava no dia. Em vez de olhar para o relógio, olhou para a luz e o céu. Afinal, a lua é o relógio mais antigo que existe.

— Se eu vejo alguém que sorri o tempo todo, de alguma forma acabo me sentindo mal. É um sofrimento. Quem sorri o tempo todo, sabe? — Jieun falava para si mesma, pensando no sempre sorridente Jaeha. — Essas pessoas só conseguem viver porque escondem a tristeza por trás do sorriso. E tem gente que só consegue relaxar depois de se livrar do que manchou seu coração.

Ela ficou parada de braços cruzados e fechou os olhos, assim como Jaeha tinha feito. Inspirou fundo e então abriu os braços, esticando-os como se fosse voar. Como se asas de verdade fossem irromper de suas costas a qualquer segundo e ela estivesse prestes a levantar voo.

Da escuridão às costas dela, alguém a vigiava.

Dona Yeonja, já almoçou? Não pule as refeições nem exagere no trabalho! ^^

A mãe dele era cozinheira em um restaurante de beira de estrada, e, após enviar a mensagem para ela, Jaeha guardou o celular no bolso e se alongou. Ele estava passando boa parte do tempo em um quarto de subsolo, fazendo a edição de um filme gravado no trimestre anterior. Em dias como aquele, caía no sono, depois acordava e ia preparar um *ramyun*, daí voltava a editar. Fazia quanto tempo que não subia para ver a luz do sol? Ele tocou a barba espessa e o cabelo comprido na nuca. Ajeitou o boné, fechou um dos olhos e fitou o céu. A luz do sol estava fortíssima. Para Jaeha, olhar para o céu era a forma mais rápida de melhorar seu humor. Pois, além de poder fazer isso a qualquer hora e em qualquer lugar, observar o céu em toda a sua vastidão não custava um centavo. O céu estava sempre a uma distância razoável, nem muito perto, nem muito longe.

— Uau... hoje o dia está estupidamente azul — comentou. — Não, "estupidamente" não é a palavra certa. Hoje está de um azul sereno e limpo.

Jaeha abriu o olho e foi em direção à loja de conveniência, trinta metros à frente. Tinha largado a faculdade de engenharia da província, um curso de quatro anos, e ingressado numa escola de artes. E então o curta-metragem que fizera como trabalho de conclusão de curso acabou sendo premiado num pequeno festival de cinema europeu, e ele tinha sido aclamado como uma promessa da direção cinematográfica. Seu professor e os colegas de classe tinham altas expectativas para seu futuro profissional, e ele acabou se tornando um diretor novato conceituado na mídia. Com seu forte material experimental, que explorava reflexões profundas sobre a existência, ouviu dizerem que ele seria o "próximo Park Chan-wook", o que lhe deu uma boa dose de esperança. Chegou até a participar de alguns programas de TV. Jaeha havia ficado eufórico, sentindo como se tivesse o mundo em suas mãos.

Só que ele não conseguiu produzir mais nenhum filme depois daquilo. As expectativas que o cercavam eram imensas, e ele queria fazer um filme ainda melhor, mas não teve nenhuma ideia de roteiro. Não brotava uma só palavra em sua mente e, com toda a sinceridade, não havia assunto algum que quisesse abordar. Jaeha usou todo o dinheiro que a mãe lhe emprestara e, após dois anos, acabou arrumando um bico como entregador, bem como um trabalho de peão num canteiro de obras. Não conseguia ficar só olhando sem fazer nada enquanto Yeonja tomava três analgésicos para conseguir ir para o trabalho, mesmo após ter feito uma cirurgia no joelho. Foi aí que juntou dinheiro e procurou um quarto para, finalmente, produzir um filme. Depois de cinco anos. Sua primeira obra após ter recebido o prêmio.

Bzzz! Ele sentiu o celular vibrar em cima na mesa do lado de fora da loja de conveniência e pôs o aparelho sobre a comida que comprara. Leu a mensagem de Yeonja enquanto tomava um gole de cerveja. Tsc... Bebendo até durante o dia...

Já almocei, sim... O filho tendo um emprego e um casamento, não tem mais nada que uma mãe possa querer.

— Dona Yeonja, arrumar emprego e casamento não é fácil. Também quero isso. Espera só mais um pouco, que este meu filme vai ser um fenômeno, aí vou dar tudo o que a senhora quiser!

Ele abriu a tampa do pote de comida, falando sozinho para dona Yeonja e o mundo. Enfiou um punhado de comida na boca e sorriu, pensando no futuro.

— Todo dia você vem aqui com uma cara abatida, mas hoje seu humor está uma beleza, meu jovem — comentou o dono da loja de conveniência, um senhorzinho que abriu o estabelecimento na vila após se aposentar de um grupo empresarial. Ele olhou para Jaeha e foi arrumar a mesa. — Coma devagar!

— Ouvi dizer que a comida da sua loja é a mais gostosa da área! O senhor já comeu?

— Daqui a pouco eu como o que você deixar no prato. Quanto desperdício... Quer mais?

— Não, hoje eu estou tranquilo! O senhor tem que parar de ficar comendo restos e cuidar da sua saúde!

— Falar que comida de loja de conveniência faz mal para a saúde é papo de antigamente! Presta atenção, a comida que vendo aqui tem pouco sal e é rica nos cinco principais nutrientes, ok? Não quer mais?

— É, dá pra perceber que tem pouco sal... Ah, vai! Este mundo está ficando cada vez melhor. Me dá aqui!

Ele comprou dois potes de *ramyun*, e o senhorzinho os colocou numa sacola plástica junto com o restante da comida. Jaeha voltou para casa sem pressa. Mais uma vez, tinha passado a semana afundado na edição de seu filme. Como era a primeira obra que fazia depois de receber o prêmio, queria atender às expectativas de todo mundo. Mas, em geral, a vida o apunhalava pelas costas. O que desejava parecia estar sempre fora de alcance, e só o que não queria é que ia fácil até ele. Tinha escutado algum *coach* famoso dizer que coisas boas e ruins se intercalam: uma hora algo de bom chega para nós, depois algo de ruim, como um pêndulo. No entanto... parecia que a vida de Jaeha não era um pêndulo, mas um gongo em que se batia num lado só — o das coisas ruins.

— Isso é um filme?

— Mas que raios passou pela cabeça do diretor para fazer um filme desses?

— Que perda de tempo e dinheiro...

O filme de Jaeha tinha estreado em apenas dois cinemas pequenos de Seul, e desde o lançamento havia sido massacrado pelo público. Ele o enviara a todos os festivais de cinema internacionais, mas fora rejeitado. Seus conhecidos o consolavam, confirmando a qualidade cinematográfica do trabalho, mas ele sabia que havia algo diferente nos olhos deles.

De tudo o que poderia vir à mente dele naquele momento, por que tinha que ser logo a barra dos jeans grossos que o pai usava no dia em que saiu de casa? Se o pai tivesse desempenhado direito seu papel, Jaeha poderia se concentrar só nos filmes, em vez de ser obrigado a fazer trabalho braçal. Se ao menos mandasse dinheiro para as despesas diárias, já que fora embora... não, se desde o começo ele não tivesse largado a faculdade de engenharia e tivesse deixado o cinema só como um hobby... e se não tivesse se matriculado na escola de artes... se tivesse arrumado um emprego numa empresa grande, como era o desejo da mãe, ou se tivesse estudado para concurso... não, se não tivesse entrado naquela agência de publicidade depois do fracasso do filme... se em vez disso tivesse virado youtuber... não, se simplesmente não tivesse nascido...

Jaeha estava procurando toda e qualquer desculpa para justificar o fracasso de sua vida.

Mas o que mais o deixava ressentido eram aqueles dias em que ficava vendo filmes para aliviar o medo e a solidão de estar numa casa escura sem mais ninguém, enquanto esperava Yeonja chegar do trabalho, tarde da noite.

— E então, qual mancha você quer limpar?

No início, o coração humano é liso e macio feito bumbum de neném, porém, ao longo da vida, ele sofre tanto que acaba ficando desgastado e marcado. Às vezes, essas marcas são talhadas camada por camada, como manchas, e, às vezes, são vincos. As manchas vão sumindo, enquanto os vincos voltam a se esticar naturalmente. Algumas manchas moldam as pessoas e lhes dão força para viver, tornando-se anéis de crescimento. Por outro lado, se as manchas que não somem naturalmente forem guardadas por muito tempo, acabam se transformando em feridas, dores ou carências.

Quando olhava para Jaeha, com seu sorriso radiante, Jieun se lembrava do lado oculto da lua. Desde o primeiro momento em que ele botou os pés na lavanderia, ela se incomodou com o olhar do homem. Um olhar que dizia "tudo bem se eu morrer a qualquer momento". Um olhar que somente quem já havia passado por isso conseguiria reconhecer. Como não parecia haver apenas uma ou duas manchas no coração de Jaeha, Jieun desceu depressa, entoando um feitiço como se fosse uma prece para o céu noturno. Como previsto, a camiseta que um dia fora branca estava lotada de manchas em todos os lugares.

— Tem como limpar tudo isso? — perguntou Jaeha, sentindo a presença de Jieun.

Envergonhado, ele tirou a camiseta que vestira por cima da roupa. Achou que não teria problema viver fingindo que estava tudo bem, mas tinha. Ao olhar para a peça branca repleta de manchas, Jaeha ficou alarmado e sentiu um aperto no coração.

Já fazia cinco anos desde que havia começado um trabalho de meio período numa pequena agência de publicidade, logo após o imenso fracasso de bilheteria de seu filme. O chefe dele vivia dizendo "este ano você deve ser efetivado", mas não era isso que se refletia nas avaliações de desempenho. Agora que estava com trinta e três anos, ele queria se livrar do quarto de subsolo e do trabalho temporário. Apesar de ir a encontros, não queria se apegar demais a ninguém. Quando parecia que um relacionamento ia ficar sério, ele se afastava. E repetia de propósito o ciclo de ficar com alguém sem compromisso por um breve período e depois terminar.

Onde deveria começar a limpeza? Ele ponderou com muito cuidado.

— Não dá para limpar a vida inteira. Você acha que conseguiria viver bem se começasse tudo outra vez?

— Nossa... — disse Jaeha, constrangido. — Como você sabia?
Ele coçou a cabeça e tocou a camiseta, evitando o olhar de Jieun. Estava pensando se conseguiria ser feliz se limpasse as manchas da vida toda. Qual seria a verdadeira natureza daquela mulher que tirava as dores deixadas pelas manchas no coração? Ela parecia ter mais ou menos a idade dele. No entanto, seu olhar era de alguém que vivera mil anos: profundo, triste e, ao mesmo tempo, estranhamente acolhedor. Ele sentia que havia calor naquela tristeza. Era a primeira vez que via um olhar daquele.

Jaeha tinha o hábito de observar os olhos das pessoas. A boca pode até soltar mentiras, mas os olhos não conseguem dissimular. Como as palavras são a linguagem do pensamento, é quase impossível evitar o tremor dos olhos quando se está mentindo. Esse tipo de gente diz "eu te amo" sem emoção alguma no olhar; diz "a vida não está fácil" mesmo sempre se divertindo; diz "eu acredito em você", mas sem uma gota de sinceridade. "A mãe já volta, espera só um pouquinho", dizia Yeonja ao sair de casa, os olhos repletos de tristeza e mágoa. Contudo, fazia tempo que Jaeha não via aqueles olhos tristes, não desde que a mãe tinha ido morar com o novo namorado.

— Escolha só uma coisa para limpar. Se limpar tudo, o que vai sobrar da sua vivência? A dor também faz parte da vida. Escolha só a mancha mais dolorosa.

Os olhos de Jieun não se moviam. Seus olhos e sua boca falavam a mesma língua. O corpo todo de Jaeha estremeceu.

— Eu quero limpar minha solidão.

— Sua solidão?

— É... Toda vez que a dona Yeonja, minha mãe, ia trabalhar, ela trancava a porta quando saía. A solidão dessa época.

Jaeha não se lembrava muito bem, mas devia ter uns três ou quatro anos quando o homem que ele chamava de "pai" saiu de casa. Não se lembrava nem do rosto dele, só da sensação ao segurar a barra da calça jeans que ele usava. Se lembrava da cor e daquela sensação áspera do jeans grosso, quando o pai ficou ali, parado por um bom tempo, abraçando Jaeha sem conseguir se separar dele. Enquanto isso, Jaeha se pendurava na perna do jeans, aos prantos, pedindo para que ele não fosse embora.

Depois que o pai os abandonara, Yeonja e Jaeha passaram a morar em um quarto onde mal cabiam duas pessoas. Como não tinha ninguém para cuidar de Jaeha, Yeonja deixava comida pronta para o dia inteiro, colocava um penico dentro do quarto e trancava a porta quando saía para trabalhar. Na primeira vez que ela abriu a porta ao voltar, ele chorou muito, aos soluços, mas logo percebeu que sempre que Yeonja saía de casa desse jeito, era ela que caía no choro. Por isso, em vez de se lamentar, Jaeha adotou como refúgio a TV que tinham arranjado. Por mais que estivesse sozinho no quarto, se ligasse a TV, veria um monte de gente legal. Ali havia crianças da mesma idade que a dele e adultos muito divertidos. Quando se cansava, ele puxava uma cadeira até a beira da janela e observava as pessoas lá fora, e mesmo quando a luz dos postes se acendia, Yeonja ainda não tinha voltado.

Mais ou menos na hora em que Jaeha ia dormir, exausto de tanto esperar, Yeonja entrava com cuidado, carregando uma sacola preta com as sobras do restaurante. Pelo cheiro, ele sabia que a mãe tinha voltado para casa. Cheiro de carne, cheiro de carvão, cheiro de suor, cheiro de comida velha, cheiro de massa. Ele só conseguia ficar tranquilo após sentir o cheiro de Yeonja, e apenas então caía em um sono profundo. E ele estava farto daquele cheiro. Antes mesmo que se desse conta, não tivera outra opção além de tomar para si a responsabilidade pelo trabalho doméstico, ainda criança. Porque queria se livrar do cheiro dela.

— Quero limpar a memória de quando eu esperava minha mãe voltar para casa — afirmou ele para Jieun. — Eu sempre tremia de medo quando ela trancava a porta. Mas não conseguia dar um grito sequer.

— Deve ter sido uma época muito solitária. Com certeza você ficava muito assustado.

— Ficava. O que mais me assustava era pensar que minha mãe nunca mais voltaria. Isso era o mais assustador. Nesses momentos, dentro da minha cabeça, eu imaginava que estava vendo um filme na TV. Ficava pensando muito nisso. Parando para refletir agora, imaginar esses diálogos e histórias foi o que me fez querer criar filmes. Que engraçado... — Ele deu uma risadinha. — Que coisa, não? E pensar que foi por isso que eu acabei entrando no mundo do cinema.

— Não tem nada de engraçado. É uma história triste, na verdade.

— Tem razão, é triste, sim. Sabe como é bom e libertador conseguir chamar de "triste" um negócio que é triste mesmo? Não é qualquer um que consegue.

— Eu sei...

— Moça, logo depois de trancar a porta, minha mãe começava a chorar. Quero limpar essa mancha, por favor.

— Não a mancha da sua tristeza?

— Em outra época, eu até limparia minhas outras manchas. Não conseguia entender direito tudo o que aconteceu, mas agora que estou mais velho, compreendo. A dona Yeonja queria me proteger a qualquer custo, mesmo que fosse daquele jeito. Naquela época, ela era mais nova do que eu sou agora. Devia ter uns vinte e nove. — Ele riu de novo. — Estou parecendo bem mais legal agora, não é?

— Hum... É, está mesmo. É algo admirável.

Jaeha tinha o hábito de sorrir quando estava triste, mas não conseguiu esconder o leve tremor nos cantos da boca. Ao pegar a roupa das mãos dele, Jieun teve a delicadeza de lhe dizer algumas palavras:

— Vou fazer uma promoção para comemorar a inauguração da lavanderia. Dois pelo preço de um. Como hoje você está aqui, vou limpar sua mancha primeiro. Depois você pode trazer a dona Yeonja. Vou tratar ela muito bem.

— Uau! Jura?

— Aham, quando quiser. Bom, vamos começar. Agora a mancha escolhida não vai mais existir para você. Durante a limpeza, lembranças secundárias podem aparecer por causa da mancha, e essas também serão limpas. Tudo bem para você? Não está arrependido?

— Tudo... E não. Quer dizer, mesmo se me arrepender, não tem problema — declarou Jaeha, assentindo de maneira decidida.

Se tinha como se livrar de algo, ele queria que fosse de tudo. Tudo mesmo: aquele primeiro dia; o dia em que fez o filme; até o dia em que o filme foi aclamado. Queria limpar tudo que fosse relacionado ao filme. Queria muito apagá-lo porque, se prestasse bem atenção, queria também tirar o sofrimento do pequeno Jaeha. Caso se livrasse do sofrimento dele, o sofrimento da dona Yeonja também iria embora. Assim, mãe e filho teriam suportado logo o primeiro dia, e todas as noites dariam as mãos e resistiriam, aparados pelo calor um do outro. E rezariam para que a manhã nunca chegasse. Pois, se isso acontecesse, Yeonja ficaria triste de ter que trancar a porta e ir trabalhar outra vez.

Jieun foi até a máquina de lavar e fez um movimento como se puxasse algo para si. A máquina acompanhou seus gestos graciosos como um balé e se abriu, e a camiseta suja com as manchas de Jaeha foi rapidamente colocada lá dentro.

Um, dois, três, quatro, cinco, seis, sete.

Ao contar sete giros do tambor da máquina, os cantos dos olhos de Jaeha se encheram de lágrimas. Adeus, solidão; adeus, pequeno Jaeha; adeus, época da aclamação do filme.

— Sabe qual é a coisa mais importante da vida? — perguntou Jieun.

Ela estava parada junto de Jaeha, ambos virados para a máquina. Ela esperou uma resposta, mas ele apenas a encarou com uma expressão neutra, então Jieun continuou:

— Respirar. Respirar é a coisa mais importante. Só dá para viver se respirar bem, não é?

— Que surpresa... Respirar, é?

— Como se vive sem respirar? Para viver bem, é necessário respirar bem. Respirar, comer, trabalhar, ficar desanimado, se alegrar, discutir, odiar, amar de vez em quando, trabalhar mais, dormir, dar uma volta, respirar. Isso não é o básico? Para dormir bem, comer bem, gargalhar... respirar é o básico.

— Respirar...

— Isso. Se você respirar bem, vai conseguir enfrentar seus problemas e seguir com a vida. Não existe vida sem problema. Quando tiver um, tudo o que você precisa fazer para superar é seguir em frente. Superar não significa fugir ou resolver a questão, não! Significa não se esquivar, significa persistir até o problema chegar ao fim. É isso.

— Não se esquivar até o problema chegar ao fim não é muito difícil?

— Claro, é dificílimo. Mas se fizer isso, depois que passar, a coisa toda não vai mais ser um problema. O mesmo acontece com a mancha no coração. Assim que a gente a reconhece, ela deixa de ser uma mancha e se transforma num anel de crescimento. Não tenha medo de viver. E não fique pensando no que pode acontecer em um futuro distante. Pode ser que você nem esteja vivo quando esse dia chegar, nada é garantido. Não sofra por antecipação. Só viva o dia de hoje. Viva bem o hoje, depois viva bem o hoje de novo, e quando o amanhã chegar e virar hoje, viva bem mais uma vez. Você consegue.

— Uau... Como você sabe tanto das coisas? Você parece ser só um pouco mais velha que eu, talvez, mas fala como se tivesse vivido mil anos!

Jieun abriu um sorrisinho com as palavras de Jaeha. *Esse daí é inteligente, viu? É verdade, eu vivi bem mais que mil anos.*

De repente, a máquina de lavar se abriu com um ruído, e, assim como ocorrera no devaneio da construção desabrochando, pétalas vermelhas saíram em rodopios. Formando uma linha reta, como um raio de luz, elas levaram a roupa até Jaeha.

Hesitante, ele observou a camiseta em cima das pétalas. A mancha maior e mais escura tinha saído, enquanto as outras haviam ficado mais fracas. As pétalas se agitaram em volta das mãos do homem, como que o incentivando.

— Agora que recebeu a camiseta, vá até o terraço e a pendure no varal. Quando o sol nascer amanhã, ela já vai estar seca e as manchas que você queria tirar do coração não vão mais estar lá.

Confuso e atordoado, Jaeha pegou a peça de roupa e ficou um tempo parado ali. Que estranho... Ele não estava triste. Sentia-se triste todos os dias, mas não naquele momento. Dava mesmo para tirar as manchas do coração naquela lavanderia bizarra? Jaeha, que vivia infeliz e sempre escondia os sentimentos atrás de um sorriso, subiu para o jardim do terraço com uma expressão neutra no rosto.

— Lavanderia estranha com gente esquisita... — murmurou para si mesmo ao descer a escada, e então chamou por Jieun. — Moça, por que escolheu a Vila dos Cravos para abrir a Lavanderia dos Corações?

Ao ouvir a pergunta, Jieun parou de andar e se virou.

— O pôr do sol é lindo aqui...

— Não tem outros lugares com pôr do sol bonito também?

— Tem, sim. Mas o *kimbap* do Nosso Botequim é gostoso demais.

— Quê?! O *kimbap* do Nosso Botequim? Você nunca deve ter provado comida boa na vida. Da próxima vez, nós vamos levar você a outro restaurante. Conhece o Guia Michelin? Eu sei tudo sobre esses restaurantes famosos.

— Então vamos marcar.

Jieun desceu as escadas e deixou Jaeha ali, balançando a cabeça. Pensando bem, o dia em que ela acordou na Vila dos Cravos também tivera um pôr do sol tão bonito quanto o daquele dia.

— Quero limpar a mancha do amor — disparou Yeonhee assim que botou os olhos em Jieun.

Ela estava esperando a mulher voltar. Com as mãos trêmulas, fechou o livro que estava lendo.

Yeonhee trabalhava no setor de cosméticos de uma loja de departamento e tinha contato com muita gente. Por causa disso, costumava analisar e deduzir coisas sobre a personalidade das pessoas simplesmente pelo semblante de cada uma — bastava um olhar. Tinha desenvolvido o hábito durante os dias que passava naquele lugar fechado e sufocante, apenas esperando os clientes chegarem.

Depois que Jaeha subiu desconfiado atrás de Jieun, a atmosfera na Lavanderia dos Corações foi ficando mais amena. Yeonhee, que acreditava que era a energia das pessoas, não os objetos, que preenchiam um ambiente, sentiu que estava mais confortável naquele momento do que antes, embora não entendesse o motivo. Para ela, Jieun parecia ser uma pessoa inabalável. E não parecia mentirosa. No início, pensou que a mulher estava iludindo os dois com aquele papo estranho, que talvez estivesse atrás de gente para vender coisas, tipo esquema de pirâmide, mas não importava o quanto Yeonhee xeretasse, parecia não haver nada que valesse a pena vender por ali. Talvez o papo de limpar as manchas do coração das pessoas fosse verdade. Mas, bom, mesmo que não fosse, naquele instante ela queria acreditar que era.

— Por que o amor seria uma mancha? — perguntou Jieun, afagando o ombro de Yeonhee.

Quando Jieun a cumprimentou, ela mais parecia um gato de rua encolhido e tremendo ao receber comida de um humano.

— A verdade é que eu sabia que o Heejae saía com outras mulheres, mas, mesmo assim, pensei que eu seria o último amor dele

— respondeu Yeonhee num tom calmo, sua atenção voltada para o vazio. — Porque ele não fazia isso no começo. Durante três anos, não vivíamos um sem o outro, sabe? Ficávamos trocando mensagens apaixonadas até nosso celular superaquecer, às seis da manhã. Ele foi o meu primeiro amor, e eu, o dele. Heejae era uma pessoa com muitos sonhos. E eu adorava quando ele falava sobre esses sonhos, com os olhos brilhando. E eu fazia o que precisava ser feito. Em vez de querer trabalhar com algo que amasse, arrumei um trabalho que eu conseguia fazer. Heejae queria ser compositor, então comprei para ele um notebook parcelado em vinte e quatro vezes. Ele começou a compor e percebeu que precisaria tocar as próprias músicas, então também comprei um violão. E aí, ele me pediu um teclado em vez do violão, e eu comprei um piano digital. Depois, ele disse que precisaria cantar as próprias músicas, e eu comprei um microfone.

Enquanto ela arcava com as despesas de Heejae, os dois foram morar juntos. Havia momentos felizes, como os dias em que iam ao mercado juntos e cozinhavam, ou quando batia a preguiça e tiravam um cochilo, e então iam caminhar no parque depois de acordar, os dois desgrenhados, ou quando ficavam com a barriga doendo de tanto gargalhar. Olhando para Yeonhee, submersa em lembranças, Jieun apertou o lenço que estava segurando. O que é o amor? O que é essa coisa que pode fazer com que alguém confie de forma tão absoluta em outra pessoa?

— Parece besteira, né? Mas, naquela época, Heejae era meu único ponto fraco. Ele tentou compor durante um tempo, aí foi fazer faculdade de canto. Depois, disse que iria fazer faculdade de teatro… Para apoiar o sonho de Heejae, fiz bico numa loja de conveniência depois do trabalho e fui garçonete. Quem consegue ganhar dinheiro consegue se dar bem. Eu não iria usar esse dinheiro para nada mesmo. Se Heejae realizasse o sonho dele e estivesse feliz, eu achava que seria feliz também. Em algum momento, Heejae se tornou o meu sonho. Talvez eu quisesse realizar, através dele, os sonhos deslumbrados que nunca tive.

Enquanto estava na faculdade de canto, Heejae não falava muito com Yeonhee. Dizia que estava praticando e que, por isso, não conseguia entrar em contato, e ela acreditava. Quando ele mudou para a faculdade de teatro, havia alguns dias que nem voltava para casa. Às vezes aparecia depois de três dias, totalmente bêbado e ia direto para a cama sem nem a cumprimentar. Depois, pegava algumas roupas e saía de casa outra vez. Então se passaram três meses, seis meses, um ano… E o tempo continuou passando. Certa vez, Heejae ficou quase um mês recluso. Fazia muito tempo que já não conversavam, nem pelo coração, nem pelo corpo.

— As mãos e o corpo dele me tocavam por obrigação, mas eu sentia que ele estava ficando ríspido e frio. Lógico, a gente também tinha dias mais tranquilos e até mesmo mais apaixonados. Mas ficar condenada a um relacionamento mecânico me deixava triste, por isso eu só me esquivava de qualquer ação. Não vivíamos como namorados, nem sequer como amigos. Até que num sábado à tarde ele voltou para casa depois de ter bebido muito, se desculpou e pediu que eu pegasse um empréstimo. Disse que a mãe dele estava muito doente, que precisava de dez milhões de wons para uma cirurgia, e que ele iria me devolver assim que arrumasse um emprego. Naquele dia, depois de muito tempo, eu e Heejae fizemos uma refeição juntos. Ele fez peixe grelhado e ensopado de pasta de soja fermentada. Naquele dia também, o arroz formava uma papa especialmente lustrosa. Nos sentamos um de frente para o outro e comemos sem deixar um só grão de arroz pra trás. É claro que passamos a noite toda juntos. Foi mais intenso, ardente e apaixonado do que nunca. Até pensei que fosse real. Porque o corpo não consegue mentir.

Yeonhee estava amargurada, mas sentira alívio ao pensar que Heejae finalmente tinha caído em si e voltado para ela. Ela queria esquecer o passado e voltar para o que eram quando se apaixonaram. Eles poderiam viver como uma família comum, tal qual as outras pessoas faziam. Tudo o que ela queria era que fossem uma família de verdade, com uma vida normal.

No dia seguinte, Yeonhee tirou parte do dia de folga para pegar o empréstimo, mas, ao abrir a porta da frente de casa, ela se deteve. À porta, junto do tênis de Heejae, estava um sapato que não era dela. Os dois pares de sapato estavam dispostos com cuidado e o calçado desconhecido era tamanho 36, de uma mulher com pés pequenos. Ao ouvir sons vindo do quarto, ela fechou os olhos com força. E se ela desse um grito? Deveria tirar uma foto... Não, precisava chamar a polícia! Ou será que ligava para Jaeha? Yeonhee ficou paralisada durante um bom tempo, até que enfim pegou o sapato da mulher de pés pequenos e saiu, batendo a porta.

— Por que eu saí com aquele sapato na mão? Nem sei direito. Esmurrei a escada com aquele salto fino até quebrar. O salto era tão frágil quanto meu relacionamento com Heejae.

Jieun fitou Yeonhee com um olhar intenso e esperou que ela continuasse.

Quando ela levantou a cabeça e secou as lágrimas com o lenço de Jieun, parecia haver um leve sorriso em seu rosto. *Ela consegue sorrir até quando está chorando*, pensou Jieun. Jaeha permaneceu imóvel e quieto, também esperando que ela continuasse. Era hora de ficar em silêncio.

— Talvez eu tenha mesmo adiado o término. Heejae é o tipo de pessoa para quem a gente não consegue dizer não, nem qualquer coisa ruim. Se ele chegasse perto de mim, eu o deixaria ficar, se ele fosse embora, eu não o impediria. Parecia que eu não estava vivendo de acordo com a minha vontade, apenas querendo preencher o coração dele.

O amor pode não ser só felicidade, mas quanto mais Yeonhee amava, mais se esgotava. Ela torcia para que seu amor por Heejae fizesse com que ele a amasse de volta.

Yeonhee ficou mexendo na xícara fria, inquieta, enquanto observava Jieun servir o chá quente. Em seguida, engoliu em seco e continuou:

— Eu precisava ir até o final para poder terminar, então continuei. Ser orgulhosa, enganar os outros, amar só um pouco, ficar de joguinho... Eu não consigo fazer essas coisas. É besteira...

Jieun não respondeu. Em vez disso, observou Yeonhee com atenção.

— Quero me esquecer de quando amei Heejae — concluiu Yeonhee. — Eu sei que ele deve ter me amado também. Tenho muitas lembranças felizes com ele. Por isso, toda vez que dou risada, toda vez que me sinto feliz, lembro dele. E acabo ficando triste.

Perder um amor é doloroso e nos faz chorar. Mas como até nos amores mais sofridos há lembranças felizes, não necessariamente odiamos a outra pessoa de verdade. Guardamos as lembranças com carinho e seguimos em frente. Ao lembrar, sorrimos com amor.

— Vista a camiseta que dei a você e pense com todo o coração na lembrança que deseja limpar. Assim, a mancha vai aparecer na camiseta.

— Como você lava a mancha?

— Para decidir qual método usar, é preciso ver a mancha primeiro. Algumas saem lavando na máquina, outras só vão sair se lavadas à mão.

— Ah... certo. Entendi.

Yeonhee colocou a camiseta branca e refletiu sobre a lembrança. Assim que a vestiu, sua maquiagem deixou uma grande mancha na gola. *Que bagunça... Em qualquer lugar que eu vá, faço uma besteira atrás da outra.* Ela queria limpar seu coração ferido, trocar por um novo, mas logo de cara já estava criando uma nova mancha. Enquanto esfregava a marca de batom, lembrou-se do colarinho de Heejae manchado com um batom que não era dela. Os dias em que ela deu de cara com ele nos braços de outra mulher vieram à sua mente. Sentiu seu coração apertar.

— Está tudo bem. É normal sentir o coração doer. Essa dor é sinal de que você fez o melhor que pôde.

— A mancha... apareceu!

— Quando existe uma mancha, ela aparece. É natural. Todo mundo tem suas manchas, certo? Agora, venha comigo.

Enquanto seguia Jieun, Yeonhee se agarrou com força à camiseta manchada. Ela achava que os vestígios do amor seriam incinerados ou se dissipariam como fumaça, mas vê-los se esvaindo através da mancha a deixou bastante emotiva. Ela abraçou a lembrança de seu amor por Heejae como se abraçasse o próprio ex.

— Que alívio.

— Hum?

— Ah, nada. Vamos continuar aqui?

— Vamos até o tanque.

Os passos leves e graciosos de Jieun guiavam Yeonhee. Assim que a porta de madeira próxima ao balcão do primeiro andar se abriu, outro espaço foi revelado. Um cômodo de paredes brancas, em que se acendeu uma luz confortável e onde bolhas flutuavam em águas límpidas como as de um riacho. Por todo o lugar havia pedras e se ouvia o canto dos pássaros. Espantada com a sensação de estar adentrando numa floresta, Yeonhee, sentindo que seria capaz de gritar, tapou a boca.

— Caramba... Que lugar é este? Como é que pode ter um riacho aqui?

— É porque esta é uma lavanderia de corações.

— Você fez tipo um feitiço?

— Não chega a ser um feitiço, mas é algo parecido. Não é maravilhoso? É igual à vila em que morei muito tempo atrás.

Era impressão de Yeonhee ou o sorriso fraco no rosto de Jieun parecia melancólico? Com um aceno de cabeça, ela tirou a camiseta.

— A mancha vai sair se a gente lavar nessa água?

— Se for uma mancha que puder ser removida, ela vai sumindo conforme for lavada. Por outro lado, se você não quiser que a mancha despareça, pode parar de lavar. A escolha é sua.

Jieun entregou um sabonete e um balde brancos para Yeonhee e foi para a área das máquinas de lavar. Sozinha, Yeonhee ficou em dúvida. Se apagasse as lembranças do amor, o que restaria? O que sobra quando o amor acaba? De repente, ela queria e não queria limpar aquela mancha. Que sentimento contraditório era aquele?

— Ah, não sei... Para de se preocupar e bota logo isso na água! — disse Yeonhee a si mesma. — Quando é que esse tipo de coisa acontece na vida?

Determinada, ela apertou os lábios, arregaçou as mangas até os cotovelos, encheu o balde com água e molhou a camiseta. Naquele instante, a parede à frente dela se iluminou, e a visão de suas lembranças ressurgiu rapidamente.

A euforia do primeiro encontro; o roçar dos dedos ao caminharem pela rua, e logo depois as mãos enlaçadas como numa promessa; o sabor da barriga de porco grelhada que comeram no terraço do quarto que alugavam, quando o salário caiu; os dias em que não se desgrudavam; o lugar onde se encontravam depois do trabalho; o beco por onde iam de chinelo até o mercado da vila, para tomar sorvete após dividirem um *ramyun* num feriado preguiçoso; a música no fone de ouvido que dividiam no metrô; os momentos em que o coração dos dois batia junto; os sorrisos radiantes; quando um adoecia e o outro cuidava; os suspiros dele, que a incomodavam enquanto ela afundava cada vez mais em uma profunda solidão; até o abraço obcecado de quem não queria ver o fim do amor.

As imagens a que Yeonhee assistia eram mais felizes do que tristes. Quando esteve com ele, ela sorriu, foi feliz.

— Eu... estava tão bonita apaixonada.

A verdade era que Yeonhee já sabia. *Ele não me amava mais, só que eu não conseguia terminar. Ele foi se cansando, mas eu estava tão solitária que ele não conseguiu me deixar. Então começou a sair com outra, e eu fingi que não sabia. Foi isso. Nós dois fomos responsáveis. Continuamos juntos, no amor e no término.*

Sem conseguir aceitar o fim, ela escolheu odiar Heejae. Porque mesmo Yeonhee sentindo saudade, ele não voltava para ela. E com o pretexto do ódio, ela poderia pensar nele. Ressentia-se de muitas lembranças de amor e, em vez de ir esquecendo aos poucos, foi alimentando o ódio, mesmo sabendo que um coração assim a faria envelhecer mais rápido e a desgastaria. O coração também, quanto mais se usa, mais fica desgastado, deixando menos espaço para um novo amor. Agora era a hora de parar. Um dia, quem sabe, talvez ele voltasse para ela, ou não, mas Yeonhee deveria deixar um espaço para o próximo amor.

— Me desculpa... me perdoa... sinto sua falta... eu amei muito você.

A mulher abraçou cada fragmento das lembranças que passavam e retirou a camiseta do balde para se agarrar a ela. Apenas metade da mancha havia saído.

Sem que Yeonhee percebesse, Jieun se aproximou e tocou seus ombros, certificando-se de que apenas metade das manchas de "ódio" e "mágoa" estavam limpas.

— Agora é melhor parar. Deixe suas lembranças de amor como estão.

Não havia ninguém ali, e mesmo se houvesse, Yeonhee continuaria soluçando feito um bebê. Não chorara daquele jeito nem quando havia terminado com Heejae. Ao caírem nas águas ensaboadas do riacho, as lágrimas de Yeonhee cintilaram, e logo o fluxo de água se transformou num redemoinho de pétalas vermelhas, que ergueu Yeonhee.

— Revendo tudo agora, não é tão chocante assim...

Ela segurou as lágrimas conforme era carregada pelo redemoinho florido até o terraço, e, ao chegar lá, caminhou até o varal. Olhando de baixo, as roupas todas pareciam brilhar de tão limpas, mas de perto ela via que cada uma tinha a própria mancha. Havia peças totalmente limpas também, mas ficavam em outro lugar. De quem seriam todas aquelas roupas?

Yeonhee foi até um espaço livre no varal e pendurou sua camiseta, sem pressa.

Decidiu parar de guardar mágoa. A solidão faz parte da vida e pode chegar para todos, mas a solidão que sentia não diminuiu por conta do amor. Quanto mais o coração dela se esvaziava, mais aumentava sua obsessão por Heejae, que, por sua vez, ia se afastando. Por não querer reconhecer esse afastamento, quem acabou machucando Yeonhee não fora ele, mas ela mesma. Ela não sabia, mas, tal como as estações do ano, é natural que o amor também passe. Depois da primavera, pode ser que chegue o inverno, não o verão.

No entanto, foi apenas quando o amor acabou que ela percebeu que ainda restava amor. Suas lembranças de afeto não tinham perdido a força e seguiam brilhando dentro dela. Em vez de esquecê-las, Yeonhee deixaria que ficassem ali. Os momentos pelos quais havia passado e que tinham perdido a vitalidade um dia seriam revividos na forma de boas lembranças. *Quando estiver feliz e radiante e me lembrar desses nossos momentos, quem sabe talvez sinta um calorzinho nesse meu coração gelado?* Agora ela podia se separar dele de verdade, guardando as lembranças com carinho, sem ódio ou mágoa.

Jieun se aproximou ao ver a expressão de Yeonhee esticando a roupa já menos manchada no varal. Percebeu nela uma sensação confortável de alguém que tinha finalmente se libertado de algo a que vinha agarrando com força.

— Sou mais velha do que pareço, por isso há muitas coisas que eu poderia dizer, mas não vou. Em vez disso, vou dar um presente para você.

— Quê? Você parece ser mais nova do que eu.

— É, já escutei muito isso… Venha aqui, vista esta.

Jieun estendeu uma camiseta com uma mancha no formato de um coraçãozinho do lado direito do peito.

— Que gracinha essa mancha! — comentou Yeonhee.

Ela ficou parada por um instante olhando para a mancha, depois logo vestiu a nova camiseta por cima da que estava usando.

De alguma forma, vestir uma roupa limpa que secou no sol a encheu de coragem. Cada pessoa é como uma árvore que se ergue sozinha, correto? Então, ela não se deixaria abater e se colocaria de pé por conta própria. Mas, nossa, nunca havia pensado que teria essa coragem. Aquela noite estava sendo mesmo muito estranha.

— Quando a camiseta estava na água e vi as lembranças que surgiam, percebi como eu parecia feliz na época em que estava apaixonada. Só que, em vez de ser uma pessoa que só sabe sorrir daquele jeito quando está apaixonada, quero ser eu mesma e sorrir porque eu me amo. E é por isso que não vou tirar aquelas manchas — declarou Yeonhee, a voz trêmula. — Se uma lembrança triste aparecer, vou pensar nela do jeito que vier, e se for uma lembrança boa, vou pensar nela do jeito que for. Vou me amar mais do amo os outros.

— Tudo o que você precisa fazer é sorrir. Sorria como se estivesse feliz.

— Mesmo se eu não estiver?

— Veja bem, o cérebro humano é muito simples. Dá para enganá-lo. Ele não consegue diferenciar a felicidade genuína da falsa. Se der um sorriso falso, ele vai achar que você está feliz e vai gostar. Tem que brincar com o cérebro.

— Quê? Brincar com o cérebro?

— Experimente. Quando seu cérebro escutar uma piada, ele vai fazer você sorrir. Quem consegue fazer os outros sorrirem atrai pessoas boas.

Jieun levou o dedo indicador das duas mãos até os cantos da boca, levantando-os como num sorriso. Yeonhee a imitou, fazendo o mesmo. Nenhuma das duas sorria com os olhos, apenas com os cantos da boca levantados, mas, quando se olharam, ambas caíram na gargalhada.

— Ah, o que é isso, moça? Não sabe como sorrir espontaneamente?

— Claro que sei! Não vai me dizer que você não sabe!

Uma de frente para a outra, elas riram a ponto de a barriga doer. Fazia muito tempo que Jieun não ria. Então era assim a sensação de dar risada... Valia a pena brincar com o cérebro.

— Falando sério agora: a partir de hoje, eu escolho sorrir. Não dá para decidir o que acontece na nossa vida, mas podemos escolher se vamos sorrir ou chorar.

— Até arrepiei! Você também não consegue escolher o que acontece na sua vida? — perguntou Yeonhee, surpresa.

O sorriso de Jieun foi sumindo aos poucos.

— Se eu pudesse escolher, talvez não estivesse aqui agora. O vento da noite me trouxe e pediu para não partir outra vez.

Ao reparar na fisionomia soturna de Jieun, Yeonhee sentiu vontade de abraçá-la.

De repente, lembrou-se de um poema e tirou a camiseta que estava usando. Puxando uma caneta do bolso, escreveu as palavras no tecido:

"Dance
como se ninguém estivesse olhando.
Ame
como se nunca tivesse se magoado.
Cante
como se ninguém estivesse ouvindo.
Trabalhe
como se não precisasse de dinheiro.
Viva
como se não houvesse amanhã."

— Alfred D. Souza

Yeonhee recolocou a camiseta com as palavras escritas, pensando que tinha gostado daquela lavanderia.

— Moça, sempre que eu e Jaeha tivermos tempo, podemos vir visitar você?

— Aqui é uma lavanderia, não um lugar para visitas.

— Parece que você trabalha sozinha. Nós podemos ajudar de vez em quando, já que fomos seus primeiros clientes. Vem, vamos tomar soju! Ou você prefere vinho?

— Eu não bebo. Voltem para casa. Você não trabalha amanhã? Daqui a pouco já é dia.

— Hoje é sábado... Mas eu já vou indo. Vamos dar risada juntas de novo qualquer dia desses!

Esperança. Depois de muito tempo, Yeonhee teve a alegre sensação de que daria tudo certo, e virou-se com um leve sorriso no rosto. Sentia um conforto peculiar no coração. Mas a mulher que administrava o lugar também tinha um ar estranho.

— Ei... hum... moça? — chamou Yeonhee, voltando-se novamente para Jieun.

— Sim?

— Como era a vila onde você morava antes?

— Você e Jaeha são muito próximos?

— Hã? Ah, somos! Como você sabe?

— Vocês dois fazem perguntas demais. Pare de fazer perguntas desnecessárias e volte logo para casa. Estou cansada.

Desta vez, foi Jieun quem se virou e olhou pela janela, cruzando os braços e fechando os olhos, como se estivesse dormindo em pé. Para não atrapalhar o descanso dela, Yeonhee e Jaeha saíram na ponta dos pés.

— Senhorita, está acordada? Se estiver me ouvindo, por favor, pisque.

Eunbyeol abriu os olhos ao escutar aquilo. Piscou uma vez. Outra. Fechou e abriu as pálpebras devagar. O passar do tempo a oprimia. Fechou os olhos de novo, a respiração regular, como se estivesse inconsciente. As duas enfermeiras que haviam entrado no quarto do hospital olharam para o rosto dela e começaram a cochichar.

— Essa mulher não é famosa? Acho que já vi esse rosto.

— Foi na TV, é aquela... inf... ah, você sabe. É uma celebridade com um monte de seguidor no Instagram.

— Ah, uma *influencer*! Quantos seguidores ela tem?

— Da última vez que olhei, tinha um milhão, mas podemos ver se ganhou mais.

— Não precisa. Mas por que será que ela tomou tanto remédio para dormir?

— Sei lá. Se eu tivesse uma vida assim, eu só agradeceria. Ela vai ficar bem. Ela esteve aqui uns meses atrás também, né?

— É verdade. Só neste hospital foram umas duas ou três vezes. E ela é tão nova... Tsc, tsc.

— A família toda veio da outra vez. Choravam, gritavam.

— Saiu uma notícia sobre uma maquiagem com alguma substância tóxica que ela divulgou no Instagram, não foi?

— Verdade. Deu algum rolo grande?

— Não sei direito. Venderam como se fosse um produto com ingredientes naturais, mas na composição apareciam outras coisas. Quem teve problema de pele fez um monte de comentário negativo. Criaram até perfis para falar mal.

— Tsc, tsc... E pensar que uma jovenzinha, só vinte e três anos, faria uma coisa assim, vender produto enganoso...

— Pois é, e aposto que só pega a maquiagem de algum lugar e vende para ganhar comissão. Ela até postou um pedido de desculpas escrito à mão, reembolsou as pessoas com o próprio dinheiro e foi fazer trabalho voluntário com cachorrinhos abandonados. Eu sigo ela, na verdade. E tenho muita inveja... Eu queria ter essa vida. Ai, nossa! Estão chamando a gente.

— Vamos. Será que a gente pode postar uma foto dela dormindo no Instagram?

— Shhh! Não lembra da última vez, quando um enfermeiro fez isso e acabou sendo processado? Ele recebeu até uma ação disciplinar do hospital! Vamos logo antes que ela acorde.

— Ai, é mesmo. Vamos. Mas até desacordada é bonita, viu. Que inveja!

As duas enfermeiras se esgueiraram para fora do quarto. Assim que ouviu o barulho da porta se fechando, Eunbyeol abriu os olhos.

Aconteceu outra vez. Que saco! Ela não tinha conseguido ainda. Sobrevivera de novo. Quantos remédios para dormir teria que tomar para conseguir morrer? Eunbyeol deu um suspiro, piscou, depois fechou os olhos novamente. Àquela altura, a notícia já tinha se espalhado e o pânico já havia se instalado. Que saco! Ela ergueu o lençol até cobrir a cabeça e começou a pensar. Queria que todo aquele sofrimento acabasse.

Era manhã de novo. Não havia relógio no quarto, mas os olhos dela se abriram no automático. Dizem que ambientes silenciosos são bons para quem tem insônia, por isso retiraram o relógio, com seu tique-taque irritante, e só deixaram os móveis. Mas isso não resolveu o problema de insônia dela.

— Ai, que dor de cabeça... Cadê o meu celular?

Toda vez que acordava depois de tomar remédios para dormir, Eunbyeol sentia que a cabeça ia explodir. Tinha criado resistência, e agora um comprimido só não fazia mais efeito. Ela passava a noite em claro quando tomava um só, então tomava outro, e mesmo assim o sono não vinha, daí tomava mais. A noite toda assim: ela tomava um comprimido de cada vez e dormia um sono picado. Preferia tomar os remédios e dormir do que passar a noite acordada. Só que aí ela morria de dor de cabeça.

— O que eu vou postar hoje? Ah, meu celular...

Sem nem conseguir abrir os olhos, Eunbyeol se inclinou, tateou a mesa de cabeceira e encontrou o aparelho. Tirou a máscara de dormir e se forçou a abrir um olho. Ao entrar no Instagram, conferiu o número de seguidores e deu uma olhada rápida na quantidade de curtidas e comentários. A Eunbyeol das redes era linda, feliz e saudável. Um ícone de sua geração.

— Esse post teve trezentas mil curtidas, mas por que o de ontem está com trinta mil? Ai... o que eu fiz de errado? Era um post patrocinado, deveria ter mais curtidas e comentários. Que droga!

Todas as manhãs, ela ficava feliz e triste com o número de curtidas. Porque aquilo era sua tábua de salvação. Costumava roer as unhas por conta da ansiedade.

"A *influencer* com um milhão oitocentos e noventa mil seguidores", era como se referiam a Eunbyeol. Ela, que iniciara a carreira na adolescência como modelo, tinha ficado doente por conta de uma dieta para emagrecer dez quilos em um mês, em que só tomava água. Passada essa fase, começou a postar sobre sua rotina de exercícios, alimentação saudável e livros no Instagram, e acabou ficando muito popular entre adolescentes e jovens de vinte e poucos anos. Num piscar de olhos, tinha "quebrado a internet", como dizem. O cotidiano de Eunbyeol — que apostava em fotos conceituais e era ao mesmo tempo descolada e charmosa — se tornou um assunto.

A verdade era que bem no início ela achou incrível e prazerosa toda a popularidade e aquela chuva de propostas de parcerias que recebera. Ganhou bastante dinheiro e se preocupava em fazer posts que gerassem engajamento. Recebia muitas roupas, bolsas e sapatos caros, convites para lugares chiques e carros importados, além de ser chamada para os desfiles das marcas mais conhecidas. Toda foto que ela postava virava assunto, cada zum-zum-zum trazia outro, e os jornalistas brigavam por pautas sobre ela. A cada dia, o perfil de Eunbyeol no Instagram ficava mais atrativo.

E assim ela vivia, com uma vida on-line glamourosa, mas sem ninguém com quem desabafar na vida real. Por ter abandonado os estudos no ensino médio e começado a trabalhar cedo, não fez amigos de verdade. Assim que largou a escola, ela se lançou na carreira de modelo, e depois passou a se envolver profissionalmente somente com pessoas mais velhas. Mesmo cercada por mil maravilhas, Eunbyeol passava tanto tempo sozinha que acabou parando de sorrir. Ela ganhava dinheiro, ficava cada vez mais famosa e vivia rodeada de luxo, mas se sentia extremamente só. Quando não estava trabalhando, Eunbyeol ficava no quarto, chorando, em estado de torpor e com a luz apagada. Mas, apesar de tudo isso, ela achava que estava tudo bem, afinal, tinha uma família.

A única coisa que eu tenho é minha família. É o suficiente.

A mais velha de três irmãos, Eunbyeol tinha se mudado com a família de uma casa de dois quartos para um apartamento luxuoso com cento e sessenta e cinco metros quadrados em Gangnam, que ela comprou com o próprio dinheiro. Durante a infância, a garota tinha medo de aborrecer os pais se dissesse que queria comer uma porção de frango frito, por exemplo. Se ganhasse dinheiro, os pais não brigariam com ela, e Eunbyeol não precisaria ficar pisando em ovos. Se ganhasse dinheiro, a família não teria mais que se preocupar com o aluguel e seria feliz. Só assim a família toda seria feliz. No entanto...

— Filha, a mamãe vai dar uma volta numas lojas de departamento. Sabia que as velhas ricas gastam dinheiro nessas lojas e depois saem para um café? Chá de jasmim, chá preto... eu quero experimentar. Aumenta um pouquinho o limite do cartão?

— Então, filha, dessa vez o papai vai abrir um novo negócio, sabe...

— Mana, vou criar um canal no YouTube, você pode comprar os equipamentos para me ajudar a começar?

— Mana, saiu um novo modelo de bolsa da Gucci, posso comprar?

A família de Eunbyeol só a procurava para pedir dinheiro. Antes de ela ficar rica, eles se alegravam dividindo uma porção de frango frito. A que ponto tinham chegado... Caso ela se atrevesse a recusar um pedido que estivesse além de sua capacidade, a família se juntava para censurá-la.

Com medo de perdê-los, Eunbyeol dava tudo o que os familiares pediam, mas, para isso, precisava procurar trabalhos que pagassem melhor. Assim, começara a fazer publicidade de acessórios, produtos para emagrecer, cosméticos, eletrônicos, entre outras coisas. Em uma dessas, acabou confiando em uma empresa de cosméticos naturais, sem saber que o produto não tinha passado pela inspeção adequada. Os seguidores, que confiavam nela, compraram o produto. Mas passaram a reclamar de vermelhidão na pele, sangramento, coceira e inflamação. Alguns criaram até perfis para deixar comentários maldosos no seu perfil, e abriram um processo contra Eunbyeol. Ela ficou assustada. Assim que a bomba explodiu, telefonou para a mãe.

— Mãe... eu... eu...

— Meu amor, a mamãe está na aula de golfe. Você aumentou o limite do cartão? Quando eu acabar aqui, vou passar para comprar comida.

— Não, mãe, não é hora para aula de golfe nem para comprar comida. Preciso falar com você...

— Preciso ir, é minha vez de jogar! Não esquece de aumentar o limite, hein?

Ela respirou fundo e, então, ligou para o pai. Era a primeira vez que passava por algo do tipo e estava muito assustada. Os xingamentos chegavam de todo lado em tempo real, e até os sites de notícias já estavam falando mal dela. Eunbyeol não conseguia entrar em contato com a diretoria da marca de cosméticos, que a enganara oferecendo trinta por cento de comissão. Estava com medo. Parecia que o mundo inteiro a julgava e condenava.

— Pai... eu...

O pai, que só atendeu na quinta tentativa, berrou ao aceitar a chamada.

— Você está causando o maior pânico na internet! Qual é o seu problema?

— Meu problema...

— Hoje é o dia da inauguração da minha empresa de comida saudável. O que eu vou fazer se isso sair no jornal? Posta imediatamente no seu perfil um pedido de desculpas junto com uma foto! Diz que está arrependida!

— ...

Sem responder, Eunbyeol desligou. Primeiro, ela precisava postar um pedido de desculpas... Depois, reembolsaria todo mundo... E o que mais deveria fazer? Após enviar uma mensagem para seu advogado, ficou encarando o celular, que não parava de tocar.

Ela mordeu o lábio com força e desligou o aparelho. Gostaria de apagar feito a tela do celular. Então, tirou a roupa chique e justa no corpo tão magro quanto uma folha de papel, vestiu um pijama branco e virou devagar para a penteadeira. Do fundo da gaveta, tirou a caixa de remédios para dormir que deixava guardada ali.

Quero acabar com toda essa agonia. Por favor, eu imploro.

— *Cof, cof...* ai... minha cabeça. Por que está doendo tanto? Que lugar é este? Por que estou no carro?

Eunbyeol acordou com a cabeça latejando e com um acesso de tosse. Para molhar a garganta seca, tomou um gole da água mineral que estava ao lado do assento do motorista. Mal tendo recuperado a consciência, se endireitou no assento reclinável do carro e olhou em volta. Onde tinha ido parar?

Ela saiu do carro cambaleando. Lembrava de tudo muito bem até o momento em que abriu os olhos no hospital, mas não se lembrava de ter pegado o carro sozinha. Eunbyeol mexeu a cabeça e checou sua aparência no retrovisor. Estava maquiada e com um longo vestido branco de tweed. Ela se ajeitou, observando sua figura refletida na janela do motorista — até o cabelo estava arrumado. Parecia que estava voltando de uma sessão de fotos num desfile de moda, depois de ter saído de uma loja. *Por que eu vim parar numa vila desconhecida? Ai, minha cabeça...* Aquela dor lhe era familiar, embora também não fosse. Quando será que a dor e o sofrimento se tornavam familiares ou desapareciam? Ela esfregou o lado esquerdo da cabeça e olhou em volta.

— Minha nossa! Mar de um lado e cidade do outro... a cidade e o mar juntos! Uau!

Fazia muito tempo que não admirava a vista de uma cidade nova. Havia quanto tempo não admirava o mar em um lugar vazio como aquele? Ela fechou os olhos, sentindo a brisa marítima gostosa tocar seu rosto. Que paz! Abriu os braços e sentiu o vento. Que sensação era aquela? A paisagem de uma cidade estranha não deveria fazê-la sentir algo assim... Até a neblina densa e o céu nublado traziam conforto.

Ela inspirou bem fundo. Dava para sentir uma umidade agradável.

— É cheiro de mar... Me sinto viva.

Puxando a maresia para dentro dos pulmões, ela deu alguns passos para a frente e se equilibrou sobre uma pedra. Tirou os sapatos de salto de nove centímetros e, descalça, absorveu a sensação nas panturrilhas firmes. Depois voltou para o carro, jogou os saltos no porta-malas aberto e pegou um par de tênis entre caixas e mais caixas de sapato. Como trocava de sapato dependendo da roupa que usava, o porta-malas estava lotado.

Talvez estivesse sofrendo de alucinações e sonambulismo como efeitos colaterais dos remédios para dormir... Ela tomava aqueles remédios para insônia aguda desde a época em que era modelo, e tinha passado a usá-los frequentemente pela delícia de cair no sono em quinze minutos. Mas um comprimido só foi perdendo o efeito, e toda vez que ela aumentava a dose do remédio, os médicos a alertavam que efeitos colaterais surgiriam a longo prazo. Ela ignorava os alertas, trocava de médico e acumulava comprimidos. Melhor tomar remédios do que beber, não? Ela precisava dormir para trabalhar, certo? Precisava dormir para tirar fotos e ganhar dinheiro. Mas havia um zumbido em seu ouvido que não parava nunca, por isso ela não conseguia cair no sono.

— Mas este lugar é bonito demais! Parece que a gente chegou ao último lugar do mundo. E lá no alto tem uma vila com vista para o mar. Se eu postar uma foto, vai chover curtidas! Será que eu deveria fazer uns conteúdos de viagem? Ai, acabou a bateria... Onde o carregador foi parar desta vez? Se eu perder alguma mensagem importante, vai ser o caos. Ai, que dor de cabeça...

Era melhor procurar um lugar para carregar o telefone. Havia conteúdo para postar! Ela também precisaria trocar de roupa para tirar as fotos. Será que ali tinha alguma loja de roupas? Se vestisse uma jaqueta por cima, talvez desse a impressão de que era outro dia. Vários pensamentos inundaram sua cabeça ao mesmo tempo. Se ficasse sem postar, mesmo que só por um dia, o número de seguidores cairia e ela ficaria ansiosa. Sem que se desse conta, a compulsão e a ansiedade haviam se tornado sensações mais familiares do que o sossego e a alegria. A verdade era que ela não gostava muito da própria vida, mas, dentro daquela telinha retangular, precisava parecer sempre felicíssima.

Acho que dá para se divertir em qualquer lugar, costumava pensar quando se sentia completamente vazia por dentro. Ela estava sempre rodeada de grandes belezas, mas vivia solitária demais. Se não se forçasse a acreditar que era possível se divertir em qualquer lugar, talvez não desse conta de suportar. Se não tivesse fotos para tirar, passaria todos os dias no quarto com a luz apagada, chorando. Por trás das lentes, só existia escuridão. *Quando a câmera desliga, sinto que também estou desligando. Quando ligam a câmera, eu também volto à vida.* Eunbyeol queria saber qual era o seu problema, só que, ao mesmo tempo, tinha medo de descobrir. Pensava que, caso se dedicasse totalmente àquele papel, a coisa toda poderia se resolver. De qualquer forma, precisava trabalhar.

— Depois vou ter que fazer uma *live*. Será que não tem uma loja de roupas ou uma cafeteria boa para fazer a *live* por aqui? É melhor eu dar uma volta pela vila. Ai, como eu queria tomar um cafezinho gostoso... um americano geladinho com uma dose extra de café. Vamos ver se encontro!

Ela estava acostumada a ter apenas a própria companhia, então falava sozinha enquanto andava. Havia muitas casas simples e bonitinhas naquela vila aprazível com um quê de familiar. Eunbyeol passou admirando os vasinhos de flores que enchiam a rua. Haveria uma cafeteria num lugar como aquele?

Na mesma hora, passou por ela uma mulher usando um elegante vestido estampado com flores vermelhas e de cabelo longo e preto como breu, preso num bonito coque. Ah, se fosse uma moradora, poderia ajudá-la! Era melhor perguntar. Os olhos delas se cruzaram.

— Oi... com licença. Perdão, mas por acaso tem alguma cafeteria ou loja de roupas por aqui?

— Cafeteria? Não. É preciso descer até a entrada da vila. É a primeira vez que você vem para cá?

— Hum... é. Acho que me perdi, mas... preciso trocar de roupa e fazer uma *live* no Instagram.

— *Live?*
— É... Você não sabe quem eu sou?
— Hum... Quem é você?
— Ah, você não deve usar Instagram. — Ela deu uma risadinha. — Mas eu já apareci em comerciais também.

Eunbyeol costumava conversar apenas com pessoas que sabiam quem ela era, então era estranho ouvir aquela mulher dizer que não a conhecia. *Por que ela não sabe quem eu sou?* Será que estava fingindo? Lendo a mente de Eunbyeol, que apertava os lábios finos e bonitos enquanto pensava, Jieun respondeu:

— Hum... Não sei o que é Instagram, então não uso. Também não vejo TV. Eu escuto rádio.
— Ah, que legal! Ainda tem gente que escuta rádio... Então você não sabe mesmo quem eu sou?
— Hum, não. Mas vou saber a partir de agora. Qual é o seu nome?
— Eunbyeol. Se pesquisar, vai aparecer muita coisa sobre mim!
— Nesse caso, vou pesquisar. De qualquer forma, se não encontrar uma loja de roupas, eu tenho uma lavanderia. Quer algo emprestado?
— Sério? Muito obrigada! Posso lavar a roupa emprestada antes de te devolver, que tal? Ah, também tenho como passar uma saia amarrotada?
— Tem, sim. Por acaso estou indo para o trabalho agora. Venha comigo.
— Claro, *unnie*! Posso chamar você dessa forma carinhosa? Eu tenho vinte e três anos, então sou mais nova que você, né?

Jieun se limitou a assentir. E, de braços dados com ela, Eunbyeol começou a tagarelar.

Assim que pousou os olhos na mulher, Eunbyeol sentiu a maior vontade de confessar tudo o que tinha dentro de si. Era muito raro ter a chance de desabafar com alguém, mas foi como se tivesse sido absorvida pelo olhar intenso daquela pessoa que acabara de conhecer. Ela se sentia desarmada, como se seus sentimentos tivessem sido expostos.

Jieun vinha observando o carro de Eunbyeol desde a madrugada. Assim que saiu, a caminho de casa, o carro esportivo vermelho parou de forma brusca diante dela, fazendo um baita barulho. A luz do farol dianteiro veio forte em seu rosto, e Jieun franziu a testa, alarmada. Tão cedo e alguém já estava sendo mal-educado...

Num instante, o motor parou de fazer barulho, e ela avistou a mulher sentada quietinha no banco do motorista, sem nem secar as lágrimas que escorriam. Seu olhar era de total desamparo. Um olhar bem familiar. Jieun pensou em mandar as pétalas trazerem a mulher, mas acabou decidindo só esperar aquela agonia se dissipar.

Algumas horas depois, quando Eunbyeol já havia saído do carro, ela passou bem pertinho da garota. Aquela criança parecia um passarinho com uma asa quebrada, dizendo que tinha se perdido e estava atrás de uma cafeteria e de uma loja de roupas. Se estivesse com fome, o normal não seria procurar uma loja de conveniência ou um restaurante? Aliás, não deveria perguntar que lugar era aquele? O mais importante para a jovem não era se alimentar, nem saber sua localização — era sobreviver. Ela agia em um modo de sobrevivência. Daquela criança havia sobrado apenas a carcaça, e ela batia as asas para resistir.

Na vida, algumas coincidências não são apenas fruto do acaso, mas da necessidade. Naquela hora, elas se encontraram porque precisavam se encontrar. Ela foi até aquele lugar porque precisava ir. Aquela jovem tinha chegado até ela porque devia estar precisando, foi assim que pensou. Ao olhar para o reluzente carro esportivo vermelho, Jieun suspeitou que Eunbyeol seria a terceira cliente da Lavanderia dos Corações.

— E você já comeu?

— Não, mas está tudo bem, não vou comer! Estou de dieta, então só posso fazer uma refeição por dia. É que preciso manter o manequim trinta e quatro. Para as roupas servirem.

— Também não costumo comer muito, mas hoje estou com fome. Que tal mais tarde ir comigo comer *kimbap*? Tem no botequim do lado da lavanderia. Hum... o gosto... não é... tão ruim...

Jieun não estava lá muito acostumada a convidar quem quer que fosse para comer. Fazer uma refeição com outras pessoas era desconfortável. Mastigar a comida enquanto conversava era algo distante de sua realidade, então ela mesma ficou surpresa com aquele gesto impulsivo de ter chamado Eunbyeol para comer.

— Lá também tem *tteokbokki*? Estou com vontade de comer...

— Então você gosta de bolinho de arroz apimentado, é? Lá tem, sim.

— Jura? Eu amo *tteokbokki*! Você prefere o de trigo ou o de arroz, *unnie*? Eu gosto dos dois. Para um "tteokbokkizeiro" de verdade, tanto faz um ou outro. Mas tenho medo de engordar, e há um tempo minha mãe não me deixa comer. É a minha comida preferida!

Eunbyeol foi atrás de Jieun, mais animada do que de costume por pensar em comer *tteokbokki*. O que importava se era feito de trigo ou de arroz? Um *tteokbokki* bom era um *tteokbokki* feito. Ela também precisaria pedir salsicha coreana e mergulhar junto na sopa. E iria comer *kimbap*. Ah, e se além disso pedisse alguma fritura? Que delícia! Enquanto Eunbyeol falava toda empolgada como havia tempos não fazia, elas chegaram à entrada da lavanderia.

— Ah, *unnie*! Aqui é uma lavanderia? Parece uma cafeteria do fim do mundo! Já tirei foto numa cafeteria igualzinha na Irlanda. Que flor é essa aqui na entrada?

— É uma trombeta-chinesa. Só floresce no verão, mas hoje estou tentando fazer desabrochar uma flor diferente. Geralmente aqui ficam camélias vermelhas.

— Não estamos no outono?

— Estamos, mas aqui elas conseguem florescer. Depois eu explico.

— Que poderosa você, *unnie*!

Ela achou o lugar bonito e agradável — parecia uma cafeteria, então, assim que o celular estivesse carregado, seria bom o bastante para a *live*. No ponto mais alto de uma cidade envolta em uma neblina densa, o local exalava uma atmosfera mística, com sua bela entrada cercada de flores e videiras, iluminação boa e até uma paisagem de tirar o fôlego. Eunbyeol estava animada e não parava de falar. Seus olhinhos brilhavam como os de uma adolescente. Até o dia anterior, estava sofrendo tanto que se questionava por que não podia simplesmente morrer, mas, ali, naquele momento, começou a se perguntar se era correto se divertir tanto assim, uma sensação estranha para ela. Eunbyeol não sentia aquele tipo de entusiasmo fazia muito tempo.

O dia todo estava estranho. Aquela *unnie* guiando o caminho não parecia estar com muita maquiagem, mas ao mesmo tempo era tão misteriosa e charmosa... Eunbyeol resolveu perguntar como Jieun cuidava daquele lugar.

— *Unnie*... Aqui é muito agradável. Como uma lavanderia pode ser tão bonita assim?

— É bonita mesmo. Sente-se onde preferir. Se quiser dar uma olhada por aí, fique à vontade.

— Nossa, amei esta sala! Vou ter que postar uns *stories* antes de fazer a *live*! Ah, é, onde eu posso carregar meu celular?

— Hum, deixa comigo. Eu não tenho café, apenas chá. Quer que eu faça um pouco para você?

— Claro! Obrigada!

Com as mãos juntas sobre o peito como se estivesse rezando, Eunbyeol passou os olhos repletos de curiosidade pelo interior da lavanderia. Ali era aconchegante, bem iluminado pelo sol, e o cheiro de roupa lavada a fez se lembrar de momentos felizes e acolhedores. Era igual ao cheiro que sentia ao abraçar a mãe quando era criança. Espera, mas onde ficava aquela vila? Isso ela não perguntou...

Crec! Com um solavanco, um homem abriu a enorme porta de madeira e foi entrando. Ele olhou brevemente para Eunbyeol, a cumprimentou com um curto aceno de cabeça e, parado na entrada, chamou por Jieun.

— Moça! Quer tomar um vinho depois do expediente?
— Jaeha, é você? Eu já disse para a Yeonhee que não bebo.
— Por que não, se é tão gostoso? A vida fica mais divertida quando se está um pouquinho alto! Vamos começar com uma cervejinha. Você pode beber uma lata de cerveja, uma dose de soju, um copo de *makgeolli*, uma taça de vinho, um copo de uísque. Podemos beber e ver qual deles funciona pra você. Que tal?
— Como é que você entende tanto assim de bebida? Pediu as contas na agência de publicidade, é?
— Você está fazendo bruxaria? Como é sabe que hoje eu vou fazer uma entrevista de emprego? Estou indo numa empresa onde posso conseguir um trabalho em tempo integral. Queria investir na minha área. Até porque, o que eu vou dizer para as pessoas, sabe? Estou cansado de fofocarem de mim pelas costas.
— Trabalhar na sua área tem importância? Você tem que fazer o que tiver vontade. Faça o que quiser fazer, não tem problema.
— Ah, não dá para mentir para você... Fala sério, agora você lê pensamentos, é?

Ela sorriu.

— Você fez um filme, trabalhou numa agência de publicidade, depois arranjou um cargo em outra empresa. Quem vai julgar você por isso? Se julgarem, e daí? A vida é sua. As decisões são suas. Não ligue para os outros e faça o que quiser. Se acreditar que está fazendo o certo, então está fazendo o certo. Não se importe com o que as outras pessoas dizem. Tudo vai acabar bem. Além do mais, os outros não se importam tanto assim com você.

— Os outros não se importam tanto assim comigo... Uau! Que baita soco no estômago... Bom, a verdade é que agora tenho um certificado de sommelier, e esta semana minha papelada foi aceita numa vinícola. Como você sabia? Antes eu era o cara que só tomava soju, mas ficava pensando de qual vinho ia gostar. Aí, por acaso, fui numa degustação de vinho e acabei assistindo a uma aula do maior sommelier do país. Era um senhorzinho de cabeça branca que devia ter uns setenta anos. Ele teve uma vida difícil, começou como mensageiro de hotel, depois arrumou emprego de garçom num restaurante, aí virou sommelier. Fiquei arrepiado quando olhei nos olhos dele. Comecei a pensar que queria ser assim quando ficasse mais velho, que queria envelhecer com aquele olhar firme e íntegro. E aí fiquei refletindo como seria seguir os passos dele, e fui pesquisando... Acabou que é uma área mais interessante do que eu imaginava, com muita coisa para aprender, sabe?

Enquanto falava, Jaeha parecia empolgado. Jieun sorriu ao vê-lo daquele jeito. Depois, foi caminhando até a porta, na direção dele. Se não o despachasse, do jeito que estava animado, passaria a noite toda tagarelando. Por isso, ela abriu a porta e deu dois tapinhas nas costas dele. Era o sinal para que ele fosse embora.

— Sei, sei. Bom, venha com Yeonhee mais tarde. Mesmo que eu não beba, sirvo o vinho pra vocês. Vinho na xícara de chá pode?

— Ha! A taça é importante! Pode deixar que eu trago o vinho. Até mais! Inclusive, meu amigo Haein pode vir também? Ah, e vamos naquele botequim, aí você pode comer. Vou para a entrevista e volto mais tarde!

Nervoso, ele calçou os sapatos recém-comprados, compondo o elegante traje formal que não estava acostumado a usar. Carregava um envelope com os documentos que precisava entregar na empresa nova, agarrando-se com carinho à carta de apresentação que levaria consigo, e seguiu seu rumo para a entrevista. Ao observar Jieun conversando com Jaeha, até Eunbyeol riu junto. Que lugar estranho... Desde que entrara ali, sentia o coração agitado, e agora até dava risadas junto com outras pessoas. Estar perto de quem sorri dá vontade de sorrir também, e estar perto de quem chora dá vontade de chorar. Talvez porque ali fosse uma lavanderia, ela se sentia tranquila de um jeito muito inusitado.

Pelo jeito, só gente boa mora nesta vila...

Ela se perguntou se o celular já estaria carregado. Precisava gravar a *live* antes que anoitecesse. Será que deveria ir até o carro buscar um carregador mais potente?

— Beba seu chá. Seu celular está carregando direitinho. Espere só mais um pouco.

— *Unnie*, você consegue mesmo ler pensamentos? Como você sabia o que eu estava pensando? Que coisa maravilhosa. E todas as pessoas desta vila são próximas umas das outras?

Ela pegou a xícara de chá — a temperatura estava boa, quente, mas não a ponto de queimar a boca — e arregalou os olhos ao tomar um gole. Era mais gostoso do que tinha imaginado.

Enquanto observava Eunbyeol esvaziar a xícara de chá, Jieun lhe entregou uma camiseta branca. Quando a jovem pegou a roupa e ambas se olharam, Jieun sentou-se do lado oposto do balcão e começou a falar devagar:

— Você não está em uma lavanderia comum. Aqui lavamos corações. Nesta lavanderia, se alguém tem manchas no coração, nós limpamos, e se tiver algum amassado, nós passamos. Se você tiver alguma mancha ou amassado do qual queira se livrar, está no lugar certo.

— Uma lavanderia... de... corações? Isso existe?

— Existe. Bem aqui. Esta é a única lavanderia desse tipo no mundo. Alguma coisa trouxe você até aqui, e eu acho que foi porque você precisava vir. Meu nome é Jieun, e meu trabalho é remover carinhosamente as manchas daqueles que precisam de cura e consolo.

Jieun se apresentou com mais cortesia do que de costume, e Eunbyeol arregalou os olhos ainda mais.

Aqueles que conseguem se abrir e dizer "quero curar meu coração" são muito corajosos. A maior parte das pessoas vai apodrecendo por dentro. Aqueles que vivem sem ao menos reconhecer que estão apodrecendo e sofrendo são maioria. Passam a vida sem saber que é necessário curar algumas feridas mais dolorosas para que valha a pena viver. Jieun passara a eternidade oferecendo o chá de consolação às pessoas e escutando suas histórias, e simplesmente por ter sido um alento para o coração dessas pessoas, elas passaram a viver melhor. E agora Jieun sentia que aquela jovem que estremecia à sua frente também precisava de cura.

— É você quem sabe. Se tiver alguma mancha que queira tirar de seu coração, vista esta camiseta e feche os olhos. Traga as lembranças à tona devagar. As manchas e os vincos vão aparecer nela. Depois de tirar a camiseta, se quiser limpar as manchas, vá até o segundo andar e a entregue para mim. Se não quiser se livrar delas, deixe a camiseta aqui, do jeito que estiver, ou leve-a com você. O que desejar. O que quer que seja, não tem problema.

Eunbyeol segurou a camiseta, boquiaberta. Com uma expressão vazia, observou Jieun subir as escadas para o segundo andar, depois vestiu a peça de roupa.

Estou achando que essa unnie *lê pensamentos mesmo...*

Que cidade estranha, que coisa estranha. Aquele dia estava esquisito demais. Seria um sonho? Num dia como aquele, coberto de uma neblina tão densa, tudo podia acontecer. E o mais estranho de tudo era que, naquele exato momento, ela estava sentindo vontade de viver.

Eu quero viver.

Vou tirar do meu coração todas as manchas que eu puder.

E vou viver.

— *Unnie*, se eu limpar a mancha que mais quero... minha vida toda vai mudar. É o que eu gostaria, mas... está muito difícil, e quero me livrar, só que... Fico pensando se eu poderia mesmo começar alguma coisa do zero. E se as pessoas não conseguirem entender ou não gostarem do meu eu verdadeiro, em vez da Eunbyeol das redes, o que eu faço? Ninguém da minha família sabe ganhar dinheiro sem mim. Como que vamos viver?

Eunbyeol havia torcido a ponta direita da camiseta branca em um nó para transformá-la num cropped e subido as escadas. Sem cerimônia, se sentou na cadeira atrás de Jieun, que estava de pé olhando pela janela. A jovem era capaz de desarmar os outros, com toda a sua sinceridade. Ela acreditava nas pessoas, sem desconfiar ou ponderar. Era afetuosa e gostava de alguém só de bater o olho. Não havia questionado ou duvidado quando ouviu que ali era uma lavanderia de corações, e agora se preocupava de verdade com a própria mancha.

Jieun tinha como regra pessoal não interferir no processo de remoção das manchas dos outros antes da hora, mas regras são feitas para serem quebradas, certo? Uma regra quebrada pode se tornar uma nova regra. Após decidir que aquela seria sua última vida, ela estava determinada a seguir o próprio coração. Por que se importava tanto com o sofrimento daquela jovem? Teria tido uma conexão com ela num século anterior? Por mais que refletisse, nada lhe vinha à mente.

— Não espere ser compreendida por quem não conhece você direito. Você mesma não consegue se entender, não é? Eu também não consigo me entender.

— Jura? Você parece ser alguém que sabe e entende tudo.

— Nem tudo é o que parece. O que fica à mostra é só a imagem que eu quero, só o que quero passar aos outros. Você é próxima dos seus seguidores?

— Não, a maioria eu nem conheço. Para ser sincera, eu adoro bater papo, mas, por causa do trabalho de modelo, não frequentei a escola e perdi o contato com os meus amigos. As pessoas com quem eu convivo não são exatamente minhas amigas... Só as vejo quando preciso delas para alguma coisa e vice-versa, entende? Por isso às vezes me sinto bem sozinha.

— Se importar tanto com a opinião dos outros e se sentir tão solitária deve ser pesado. Como você se sente com isso?

— É pesado... Na verdade... *Unnie*, está pesado demais!

Bastou Jieun perguntar sobre os momentos difíceis da garota para que algum nó fosse desatado e, como num rompante, as lágrimas começassem a rolar. Estava pesado, sim. Ela queria dar fim àquilo. Queria muito fazer amizades. Ter um bom motivo para tirar fotos sem precisar postá-las, amigos para quem não tivesse receio de mostrar suas partes ruins, com quem pudesse conversar por horas sobre suas dificuldades, dores, alegrias.

Ao ver as lágrimas de Eunbyeol escorrerem, Jieun ficou mais tranquila. A jovem precisava chorar. As pessoas devem chorar quando estão tristes. É um alívio.

— Pode chorar até lavar a alma. Ninguém vai atrapalhar você. Fique à vontade.

— *Unnie*... está muito difícil... Quero muito limpar tudo o que vivi como *influencer*. Essa vida por si só é uma mancha.

Enquanto Eunbyeol balbuciava e chorava, uma mancha grossa estampou a camiseta e vincos foram se formando. Ela podia passar as dobras dos vincos e remover a mancha, mas um coração pesado e triste só se alivia depois de um bom choro.

— Quando ficava triste, você chorava?

— Não...

— E quando sentia raiva, você extravasava?

— Sentir raiva? Como...? De quem...?

— Quando sentir raiva, você precisa extravasar. Se estiver triste, chore; se sentir raiva, extravase; se estiver feliz, sorria. É assim que se vive. Se estiver entediada, faça uma cara de tédio. Entende? Seja natural, seja você.

— *Unnie*, as pessoas tiram muitas fotos minhas... Se eu expressar minha raiva de algum jeito que não gostem, podem postar alguma coisa no Instagram, talvez publiquem alguma matéria... — explicou Eunbyeol, fungando, enquanto o choro ia diminuindo.

— O que que tem postarem as fotos? E qual o problema de publicarem umas matérias? Está tudo bem. Todos cometem erros, acontece. Como é que se vive sem errar pelo menos uma vez? Errar é humano.

— Mesmo se eu errar, vai ficar tudo bem? Jura?

— É natural. Você pode cometer erros. Se fizer algo errado, pode pedir desculpa, e se outra pessoa fizer algo errado, você pode aceitar as desculpas dela e entender a questão. Se não der para consertar, aí você simplesmente aceita. Como é que a vida vai ser sempre perfeita? A gente se perde, fraqueja, erra, desaba... Mas levanta outra vez e tenta manter o equilíbrio. É isso. E tudo bem.

Jieun fez carinho no ombro de Eunbyeol. Quando a jovem parou de chorar e segurou as mãos de Jieun com um olhar carinhoso, ela continuou:

— Pare de se importar tanto com o que os outros pensam e cuide de si mesma. Quando a vida estiver difícil, tente ir a algum lugar legal ou faça uma viagem, libere a raiva quando ela vier, coma coisas gostosas para desestressar, converse com outras pessoas e comece a viver para você mesma. Esta vida é mais bonita do que você pensa. Vale a pena viver.

— Vale a pena... viver? *Unnie*, a verdade é que... eu não queria viver.

— Eu entendo que você tenha se sentido assim. Algumas vezes, eu também não tive vontade de viver. Mas é o seguinte: por mais que existam momentos em que você não sinta vontade de viver, você ainda está viva. E, se está viva, deve aproveitar a vida. Fazendo isso, vez ou outra vai acabar sorrindo por qualquer coisinha. E sorrir também é viver. Não é o máximo?

— Aproveitar a vida... Acabar sorrindo... Será que um dia eu também vou conseguir?

— Claro. Talvez agora você já saiba um pouco mais sobre como conseguir isso. E nenhuma relação é tão importante a ponto de justificar que você se perca. Mesmo que seja com a sua família ou alguém que ama. Nada é mais importante do que você mesma.

Eunbyeol assentiu. Em seguida, retirou a camiseta e a estendeu para a dona da lavanderia.

— Vou mostrar para você uma coisa linda, que você nunca viu — anunciou Jieun.

Assim que estendeu a mão direita, pétalas vermelhas as rodearam, levando embora a camiseta que Eunbyeol tirara. Como vaga-lumes, os dois lados das pétalas emanavam um brilho que formava uma trilha, levando a peça manchada para dentro de uma das máquinas de lavar e rodopiando de volta. Eunbyeol se esqueceu da tristeza e ficou admirando o espetáculo. Enquanto a máquina girava, uma luz se espalhou, tal qual a luz do sol.

— Este é o meu momento preferido aqui na lavanderia, quando a gente vê esse turbilhão lavando as manchas. Algumas vezes, as feridas acabam se transformando em luz e flores lindas. Embora não todas.

Com as palavras de Jieun, lágrimas mornas desceram pelo rosto de Eunbyeol. Ela chorava em silêncio. Enquanto estava vestindo a camiseta que Jieun lhe dera, implorou para que toda a alegria e a tristeza dos dias que passara como *influencer* saíssem na forma de manchas. Os dias cheios de glamour e solidão. Sabia que tinha se fechado numa imagem fixa e que agora precisava ser ela mesma. Havia aprendido que usar um sapato que não cabia no pé só causavam dor.

— Eunbyeol, não há nenhuma regra estipulando que, depois de limpar essas manchas, você não pode ficar famosa outra vez.

Quem sabe você não consiga gerar interesse nos outros e, ainda assim, aproveitar a vida? Você acha que ficaria tão pesado quanto agora? Lembre-se que só é possível limpas as manchas do seu coração uma vez.

— Ah... Ainda não sei bem.

— Está certo, é natural não saber. Esse momento ainda não chegou, afinal. E tudo bem se você ficar famosa de novo, assim como se não ficar. Mas, supondo que fique, dá para fazer a Eunbyeol de dentro da tela ser igual à Eunbyeol de fora, sabia?

— É sério?

— É sério. Se acreditar, então é possível. Quando abrimos o coração para as pessoas, elas também abrem o coração para nós. Quer aprender a fazer amizades sinceras?

— Quero! Quero, sim!

— As pessoas famosas que você conhece... Você não acha que todas elas se sentem sozinhas? A primeira coisa é encontrar os outros por trás das câmeras. Se quiser criar intimidade, experimente se aproximar primeiro e exercite dizer como está se sentindo. Assim, você vai mostrar um coração puro e genuíno, como fez agora.

— Tenho medo de ser rejeitada.

— E daí se for rejeitada? Essas pessoas podem ter suas razões para rejeitar alguém. A amizade se desenvolve pelo tempo que se passa junto e pela profundidade dos sentimentos. Se esforce, vá com o coração aberto e faça o que puder para investir seu tempo nas relações. Quando você não se abre para as pessoas, esperar que elas se abram com você é pura ilusão. E egoísmo. Junte sua coragem e vá conhecer pessoas fora das telas. Faça isso por você.

Havia uma atmosfera tranquila entre as duas. A noite estava aconchegante, com o aroma de flores trazido pelo vento, provavelmente das pétalas que foram ao encontro delas.

— *Unnie*, então agora podemos ser amigas?

— Bem, nós compartilhamos nossos sentimentos, não foi? Quando se faz isso com sinceridade, seremos amigas mesmo que a gente não se encontre mais. Você não está com fome? Vá ao terraço pendurar a camiseta lavada, e depois vamos comer *tteokbokki*.

— Ah é, o *tteokbokki*! Onde eu penduro? Vou lá correndo e já volto!

Fosse chorando ou sorrindo, como aquela jovem que expressava os sentimentos de maneira tão sincera tinha conseguido aguentar tanto tempo daquela forma? Jieun apontou para a escada e manteve os olhos em Eunbyeol enquanto ela subia correndo. Um cheiro de hortelã havia ficado no ar. Numa energia verdejante, folhas pareceram tomar todo o seu corpo por dentro, fazendo Jieun sentir que estava se transformando em árvore. Ela não sabia se já havia sentido aquele frescor antes ao tirar a mancha de outra pessoa. Mas podia ser só fome mesmo, não frescor. Ela andava com muita fome nos últimos tempos.

Jieun deu uma risadinha e foi telefonar para o Nosso Botequim.

— Minha senhora, prepare para mim duas fileiras de *kimbap*, duas porções de *tteokbokki* com duas porções de salsicha coreana e algumas coisas fritas diferentes, por favor. É muita coisa, eu sei, mas é porque vou aí com uma amiga.

— Ah, não acredito! Recebeu visita de uma amiga hoje? Que maravilha! Quer que eu faça um macarrão também?

— Não precisa. Não falei para não inventar coisa para o cardápio? Mas tenho uma pergunta: o *tteokbokki* é de trigo ou de arroz? Isso é importante?

— Lógico! A textura é diferente! Aqui a gente tem dos dois. Não sabia?

— Ah... eu sabia, sim. Já, já vamos descer, ok? E o *eomuk* é por conta da casa, né?

Ambas desligaram rindo. Pois sorrir é viver. E porque na vida não podemos parar de sorrir.

— Mana, seu Insta foi hackeado? O que aconteceu com o seu perfil? Denunciaram para a polícia?

— Eunbyeol, disseram que o cartão da mamãe não foi pago e que foi suspenso. É isso mesmo?

— Eunbyeol, o papai vai tentar abrir outra empresa. Vamos lá tirar umas fotos.

O que tinha acontecido na Lavanderia dos Corações fora inusitado, mas havia sido um lindo dia. Depois daquilo, a conta de Eunbyeol no Instagram desapareceu. Assim como suas lágrimas, a mancha no coração dela foi embora naquela simpática, acolhedora e meio estranha Vila dos Cravos.

De repente, um pensamento lhe ocorreu — de que ela talvez já tivesse ido àquele lugar. Tentou buscar na memória, até que acabou pegando um antigo álbum de fotos para conferir, e, numa foto de alguma viagem, estavam a mãe, com a irmã mais nova na barriga, e duas crianças — ela e o irmão do meio — de mãos dadas em frente a uma placa onde estava escrito "Nosso Botequim". Eunbyeol se espantou com as palavras tão nítidas na fotografia antiga e, sem nem pensar, a acariciou como se estivesse com saudades. *Eu sabia!* No fim, não era um lugar desconhecido... E se ela não havia acabado lá por coincidência, teria sido destino?

Logo após o perfil dela desaparecer, seus familiares, mais do que quaisquer outras pessoas, foram os primeiros a atormentá-la e descontar sua raiva. Mesmo assim, Eunbyeol não restaurou a conta nem criou uma nova.

Depois de consultar seu advogado, pagou o valor da indenização pela publicidade enganosa e foi se desculpar outra vez com as pessoas prejudicadas pelo cosmético. Como ela não estava mais ganhando dinheiro com patrocínios, a família também foi forçada a vender o apartamento e colocar a casa a leilão. Em seguida, a empresa do pai faliu e o pedido de recuperação judicial foi negado. Além disso, o pai foi condenado a dois anos de prisão por fraude. Logo antes de perderem a casa, Eunbyeol vendera o carro e as bolsas, e a família precisou se mudar para uma casa de dois quartos no bairro onde já vivia. Já Eunbyeol foi morar sozinha num quarto e sala que recebera como auxílio-moradia para jovens.

O tanto de dinheiro que Eunbyeol ganhou acabou sendo um castelo de areia. Para aqueles que agem com arrogância, como se o dinheiro nunca fosse acabar por mais que o gastem, o dinheiro vai desaparecendo tal qual uma miragem. Enquanto o castelo de areia ia desmoronando, contudo, Eunbyeol foi se sentindo cada vez mais em paz. Sua família continuou em pânico, pedindo que ela voltasse para o Instagram, mas Eunbyeol não saberia o que fazer, nem se tentasse. Não tinha qualquer ideia de coisas para postar ou com que legenda. *Eu ganhava mesmo rios de dinheiro com isso?*

— Estou na porta da empresa... — disse ela, falando ao celular. — Preciso ir para o trabalho. Cada um com seus problemas. Tchau!

Ao desligar, Eunbyeol recolocou o fone de ouvido para abafar os ruídos. Será que deveria bloquear ou apagar o número dos familiares? *Por que não consigo cortar relações com eles? Que coisa.* Esperando o sinal de trânsito fechar, ela olhou inexpressiva para o celular e sentiu um toque bem leve no ombro. Era sua chefe. Fazia três meses que Eunbyeol estava trabalhando com televendas, e todo produto que ela divulgava saía que nem água, como se fosse mágica. Ela estava adorando o trabalho.

— Oi, chefe! Como vai?

— Estava pensando na morte da bezerra? Aliás, como você idealizou esse kit, hein? Creme, máscara facial e até um umidificador de ambiente, bem a tempo da estação seca... Sua margem de lucro em relação ao preço aumentou, e a satisfação do cliente também, além do resultado das vendas dos produtos. Nossa equipe está em primeiro lugar, sabia?

— Jura? Uau... que bom!

Eunbyeol abriu um sorriso tímido e atravessou a rua, animada. Algumas vezes, a luz verde acende para a vida; em outras, é amarela, ou a vermelha. Tem hora que estagnamos na luz vermelha e acreditamos que nunca vai mudar para verde. E quando a luz está verde, é importante lembrar que ela vai ficar vermelha em algum momento. Mas a única coisa que podemos fazer é continuar andando, e, se houver outro sinal de trânsito no caminho, nos movermos conforme sua luz. Se em dado instante o semáforo não estiver aberto para nós, basta esperar; em algum momento, essa luz vai mudar e será possível seguir outra vez.

— Falando nisso, no mês que vem os vendedores autônomos vão ser efetivados, e poderemos recomendar alguém para o cargo de líder de equipe. O que acha de recomendarmos você?

— Eu adoraria! Agradeço muito! Prometo que vou me esforçar!

Luz verde.
Desta vez, a luz verde brilhou sem ressalvas.

— Eunbyeol, o que você costuma fazer no fim de semana? — perguntou a representante Lee ao sair do trabalho na sexta-feira, com uma expressão de curiosidade real.

— Eu? Geralmente vou a algum lugar bacana ou fico relaxando em casa, essas coisas.

— Ah… Estava aqui pensando no que você devia fazer no seu tempo livre para ser tão boa na divulgação dos produtos. Achei que você só trabalhasse sem descansar.

Eunbyeol tinha sido efetivada na empresa e andava se sentindo como se estivesse finalmente confortável. Nos dias livres, chamava as amigas para cozinhar coisas gostosas em casa, ou ia a restaurantes bem recomendados, ou a cafeterias. As fotos que tirava com as amigas eram impressas e organizadas em álbuns. No fim de cada dia, colocava suas roupas mais confortáveis, um boné cobrindo e ia caminhar, sem maquiagem e com o cabelo como estava mesmo. Andar a esmo fazia suas pernas doerem, mas assim ela podia apreciar as paisagens que nunca tinha visto. Às vezes, corria também. E era quando passava um tempo correndo — já toda suada, ofegando e com o coração acelerado — que se sentia mais viva. Tinha passado muito tempo sem aproveitar essa vida.

Nem tudo eram flores, mas havia muitos momentos bons. Quando pensava em seus dias de glamour, conforme recontados pela família, mais do que saudade, o que ela sentia era uma solidão gélida que a fazia estremecer. Claro que devia ter havido momentos bons. E às vezes Eunbyeol se perguntava se deveria mesmo ter limpado as manchas, ou deixado as lembranças boas. Ela se arrependia um pouco... E quando estava com a cabeça cheia, pegava a folha onde anotara as palavras da amiga que fizera naquela cidade estranha.

— Por agora, apenas viva. Não queira morrer, viva. Só tente encontrar "sentido" e "interesses" depois de viver. E não se esqueça: você é suficiente do jeito que é. Em vez de olhar para a luz das estrelas, olhe para a luz que tem dentro de você. Mesmo na escuridão, você brilha. Lembre-se disso. Seja lá o que você for, mesmo sem usar roupas chiques, ou apenas vestindo uma camiseta manchada, só de existir você já está brilhando como uma estrela.

Estou vivendo bem, unnie. *Estou com saudade. Quero ver você logo. E também estou curiosa para saber se aquele moço passou na entrevista. Queria escrever uma carta para você, mas estou morrendo de sono.*

Com as pálpebras pesadas, ela fechou os olhos. *Que sono. Quero dormir. Que bom que estou com sono. Dormir é bom demais. Estou com sono e sei como é bom poder dormir... Tem mais vida amanhã... Que bom... Muito sono. Amanhã eu penso mais.*

Ela adormeceu devagar.

Com um sorriso sincero no rosto.

— Haein, o que você vai fazer hoje à noite depois do expediente?

— Nada de especial. Como o evento acabou mais cedo, estou voltando para casa. Quer sair para comer?

— Boa! Vamos às sete horas na Lavanderia dos Corações, que fica no alto da vila. A Yeonhee vai com a gente. O seu *hyung* aqui tem uma novidade importantíssima pra contar! — anunciou Jaeha, rindo.

— É coisa boa? Então vamos. Mas vai ter o que comer numa lavanderia?

— Bom, lá não é só uma lavanderia. Quando chegarmos, você vai entender. Sobre o que comer, cada um leva uma coisa, que nem festa americana.

Haein sorriu ao escutar a risada alta de seu *hyung* — aquele amigo mais velho e tão querido —, que falava de um jeito animado, e depois desligou o celular. Jaeha e Yeonhee eram amigos desde que tinham nascido, enquanto Haein havia feito amizade com os dois no ensino fundamental, quando se mudou para a vila onde a avó morava. Sua mãe era fotógrafa e o pai era pianista clássico e tocava teclado numa banda, e foi na sala de concertos que se apaixonaram. Com a chegada de Haein, viraram uma linda família de três. Mas o amor era tanto que o céu ficou com inveja — um acidente de carro acabou levando tanto a mãe quanto o pai de Haein, que ainda era um menino. A avó acabou sendo designada como sua guardiã e recebeu o valor do seguro.

Quando o introvertido e quieto Haein chegou na escola nova, Jaeha, que já estava calejado de ficar sozinho, passou a chamá-lo para apostar corrida, ir ao parquinho, fazer o dever de casa, lanchar. E assim a amizade deles começou. Junto com a amiguinha de Jaeha, Yeonhee, o trio cresceu junto na vila. Na maioria das vezes que compartilhavam entre si suas histórias obscuras do passado,

Haein apenas escutava, sorrindo enquanto os outros dois falavam. Se sentia mais à vontade em escutar.

Ele cresceu sozinho, e sua língua materna era a música. Gostava de Chet Baker, Duke Ellington, Bill Evans, Paul Desmond: quando uma música deles tocava, Haein se soltava. Após se formar em história da arte, começou a trabalhar como coordenador de exposições freelancer e vivia de tirar fotos, escutar música e ouvir os outros falarem. E até que estava satisfeito com essa vida. Ele podia trabalhar no que gostava, ouvir música e ler livros e, mesmo que precisasse economizar, às vezes até sentia que sua vida era extravagante.

Quando finalizou a chamada com Jaeha e se preparou para descer do ônibus, "Take Five" começou a tocar no aleatório. Se conseguisse tirar cinco minutos no final de um longo dia para escutar algo animado em três tempos, com piano, bateria e saxofone, seria capaz de suportar todos aqueles dias sempre iguais. Ele desceu do ônibus cantarolando a melodia que saía pelo fone de ouvido.

— Pa-ba-pa-pa, pan-pan-pa-ban pa-ba-pa-pa pan-pan-pa-pan.

Enquanto subia devagar as escadas até o alto da vila, seu coração foi acelerando junto com o tempo da melodia. Tum-tum-tum.

— Quase lá... Que vista, hein? Subir tão alto assim faz bem para o coração.

Haein ergueu a antiga câmera Leica pendurada no pescoço. As placas da Lavanderia dos Corações e do Nosso Botequim saíram perto uma da outra na foto. Sem pressa, ele deu uma boa olhada nos arredores da lavanderia. A construção de madeira parecia ter séculos, ou melhor, ser de um século além do espaço-tempo. E mesmo assim, de certa forma, algo ali lhe parecia familiar.

Se eu der a volta por trás do jardim, vou encontrar uma escada que dá no terraço. Será que sonhei com isso? Por que sinto que já conheço esse lugar?

Haein deu a volta e subiu em direção ao terraço. Parecia não haver ninguém ali, mas ainda assim ele subiu a escada com cuidado e em silêncio. Ao chegar no último degrau, arfou.

O que é este lugar...?!

O sol se punha, enorme, vermelho e muito próximo, como se a ponta do mundo estivesse em chamas, e a agradável brisa de outono balançava as roupas penduradas no varal, que mudavam de cor de acordo com os tons do céu. As roupas secando ao vento tinham um ar onírico; para Haein, lembravam pétalas de flores voando. Ele instintivamente ergueu a câmera e pressionou o botão.

Aquele lugar, com dois lados cercados pela cidade e dois pelo mar, parecia ao mesmo tempo existir na Terra e ter saído de outro planeta. Conforme o vento soprava as roupas brancas estendidas no varal, pétalas vermelhas saíam, circulando as peças antes de dançarem rumo ao sombrio da noite.

Fascinado, Haein ergueu a câmera e tirou diversas fotos daquele cenário inacreditável. Sabia que nunca mais veria algo tão lindo na vida. Num frenesi, tirou fotos das pétalas esvoaçantes, que pareciam estar sendo sugadas pelo pôr do sol, e, enquanto dava zoom, percebeu que seus olhos estavam marejados.

...!

De repente, Haein abaixou a câmera, espantado. Engoliu em seco. Havia uma mulher ali, com as mãos unidas próximas ao peito, como que segurando um objeto frágil e precioso. Ela parecia se despedir das pétalas enquanto partiam para o céu em direção ao pôr do sol, parecia libertá-las com magia. Com os olhos fechados, as lágrimas represadas nos cílios dela enfim escorreram, acariciando as faces da mulher antes de alcançarem as pétalas, que então sumiram na luz. Haein não acreditava no espetáculo que acontecia diante dele. Esfregou os olhos com a mão esquerda, sem levantar a câmera. Por mais que fizesse isso, no entanto, a mulher continuava ali. O sol havia sumido e os vestígios de sua luz dourada aguardavam a noite chegar. Para que a noite não caminhasse sozinha pelo escuro, o sol iluminava seu caminho com cuidado, como que para encontrá-la.

A mulher abaixou as mãos num movimento rápido. Ainda não tinha notado a presença de Haein, que ergueu outra vez a câmera na direção dela. Ele já tinha visto aquela silhueta de costas em algum lugar. As pétalas vermelhas que saíam das roupas lavadas e subiam ao céu desenhavam um buquê na roupa preta com flores vermelhas que a moça usava. Lentamente, ela se virou e olhou para a câmera de Haein. Os olhos eram escuros, profundos e carregados de tristeza. Haein fitou os olhos dela e abaixou a câmera devagar. Ficou observando aquela cena estranha enquanto as lágrimas da mulher desciam pelo rosto. Ele foi caminhando na direção dela e, conforme se aproximava, sua respiração se tornava ofegante. Aquela mulher se parecia muito com o primeiro amor de Haein. Sem acreditar no que via, ele esfregou os olhos e balançou a cabeça para se recompor. Por fim, a cumprimentou.

— Olá. Peço desculpas se assustei você.

— Ah, não é necessário desculpar-se.

Jieun ficou surpresa consigo mesma por ter respondido sem pensar. *Ué, por que respondi de um jeito formal?* Por ter atravessado tantos séculos, Jieun estava acostumada a falar com informalidade. Seria por ter sido vista chorando?

— Hum... eu sou o Haein, amigo do Jaeha. Combinamos de nos encontrar aqui hoje.

— Eu sei, eu sei. Meu nome é Jieun, sou a dona da lavanderia. Eu nunca tinha deixado ninguém ver uma cena dessas... você deve ter se assustado...

— Hum... não. Não fiquei assustado. Mas está tudo bem com você?

— Faz tempo que ninguém me pergunta isso... sempre sou eu que faço essa pergunta. Está tudo bem, sim.

— Se não estiver e quiser conversar, sem problema.

— Eu não pareço bem?

— Hum... Não é isso. É que você estava chorando. Quando estava soltando as pétalas.

— Ah, então você viu tudo. E você ainda me flagrou fingindo estar bem... Por favor, não conte a ninguém sobre o que acabou de ver. Aliás, falando nisso… você não ficou curioso para saber por que as pétalas saíram voando das roupas?

— Com certeza, mas pode me contar depois. Você está muito pálida. Que tal entrar para tomar um pouco de água e descansar? Se continuar assim, quem vai sair voando é você, não as pétalas.

Jieun soltou uma risadinha e ajeitou o cabelo. Quando as manchas do coração daqueles que iam até a lavanderia eram limpas e deixadas para secar ao sol, elas se transformavam em pétalas de flores. Durante o pôr do sol, quando o astro brilhava em seu vermelho mais vivo, as pétalas eram liberadas e queimavam sem deixar vestígios. As pétalas que não conseguiam se encaminhar para o sol passavam a viver junto de Jieun. E eram essas que apareciam toda vez que ela praticava magia — um milhão de anos de corações, feridas e manchas acumulados que não haviam conseguido alcançar o sol. E agora aquele homem chamado Haein tinha visto a cena inteira. E não só não se assustara, como também se dirigira a ela com uma voz tranquila, de tom suave, o que também a tranquilizou. Engraçado… o olhar dele era similar ao do pai dela, de quem sentia tanta falta. Ou será que parecia o olhar de alguém que ela amara séculos atrás? Por mais estranho que fosse, o cheiro dele lhe trazia certa nostalgia. Mesmo que não tivessem trocado muitas palavras, ele parecia tratar os outros com respeito. Falar de um jeito respeitoso, mostrar respeito, ser respeitado… seriam a "ternura" e a "consideração" assim? Quanto à formalidade, havia saído sem querer, mas não tinha problema… de vez em quando ela poderia falar assim com os clientes da lavanderia, não?

— Eu amei e esperei você por muito tempo, mais que qualquer um.

— Oi…? Hã…? Esperou… por mim? Hum… obrigado, mas… acabamos de nos conhecer…

Ao ver Haein com o rosto vermelho, constrangido, Jieun soltou uma gargalhada. Sentiu que fazer piadas ou brincadeiras seria em vão. Teria conhecido mesmo aquele homem em algum século anterior?

— É a linguagem das flores. Estas pétalas vermelhas são camélias. Elas limpam a tristeza e as feridas do coração das pessoas, e são enviadas ao céu na forma de um desejo ardente, para que as pessoas voltem a amar a vida. É por isso que as pétalas são enviadas na hora que o sol se põe, exatamente quando ele arde com maior força.

Haein assentia, atento. Ele percebeu que a expressão dela ia se tornando mais alegre aos poucos, então ficou mais à vontade. Havia acabado de conhecê-la, então por que se importava tanto assim? Por ela ser parecida com o primeiro amor dele? Não, aquela mulher exercia uma atração sobre as pessoas de um jeito mais peculiar. As pétalas vermelhas circulavam ao redor deles. Desenhavam um formato esplêndido, parecendo fascinadas por Jieun revelar a um estranho o que havia em seu coração.

— Não são uma beleza? As pétalas mudam de cor de acordo com o meu humor, mas na maior parte do tempo ficam vermelhas. É bem mais confortável manter os sentimentos constantes. Mas, ah, estou falando demais...

Talvez por ter sido vista chorando, ela teve vontade de conversar com aquele homem. Enfim, por qualquer que fosse o motivo, o coração dela relaxou um pouco mais. Mesmo que ela estivesse lançando vários feitiços, ele não havia se assustado. Aquele homem tinha um talento para fazer os outros abrirem o coração, nem que fosse só por estar ali, presente...

Jieun observou Haein e se lembrou de um cobertor bege-claro de sua infância. Fazia tanto tempo... Uma lembrança nostálgica de um objeto que havia deixado para trás. Ao passar ao lado de Haein para descer as escadas, Jieun se deteve e olhou para ele por sobre o ombro.

— Ah, as fotos que você tirou não vão estar na câmera — avisou, parada bem ereta. — Porque as pessoas não conseguem me ver nas fotografias. Vou descer. Vai continuar aqui?

Apesar de tudo, aquela mulher que fingia estar bem falava com a voz embargada. Sem dizer uma palavra, Haein foi atrás dela, e os dois desceram pela escada conectada ao balcão do primeiro andar, que ficava do lado oposto àquela por onde Haein subira.

— Ué, vocês dois desceram juntos? — disse Yeonhee, que foi a primeira a chegar e estava abrindo um enorme pote de comida.

— Então o Haein e a moça da lavanderia já se conheceram! Esse é meu amigo Haein!

Jieun fez que sim com a cabeça e sorriu, e então foi até a parte interna do balcão preparar o chá. Nesse momento, Jaeha abriu a porta de madeira da lavanderia e entrou gritando, todo feliz:

— Galera, consegui! Finalmente sou um assalariado! — anunciou ele, rindo. — Agora vou ter direito a todos os benefícios!

— Ahhh! Jura? — soltou Yeonhee, largando a tampa do pote e se levantando num pulo. — Que maravilha! Parabéns!

Ela sabia de todo o dilema envolvido entre os sonhos dele e a realidade, de toda a agonia que aquilo tinha gerado, então, apesar de parabenizá-lo, sentiu um aperto no coração. Ele adorava tudo relacionado a filmes, mas, depois de lavar a mancha de seu coração, tinha se esquecido de como o cinema era importante para ele e passou a procurar um cargo mais estável, com benefícios. Yeonhee achava que a mancha que Jaeha tinha limpado era a do dia em que havia produzido seu filme. Ele podia até não conseguir mais se lembrar daquilo, mas ela precisava se lembrar. Dos dias de glória e dos sentimentos do amigo.

Com passos largos, Haein foi até Jaeha, tirou de suas mãos as duas porções de frango frito que ele carregava e abriu os braços para recebê-lo.

— Parabéns, meu amigo. Você merece — disse, os dois dando tapinhas nas costas um do outro.

— Minha nossa, quando você me avisou que queria jantar, não sabia que era com a turma toda!

A dona do Nosso Botequim abriu a porta e sorriu ao ver Jaeha, Haein, Yeonhee e Jieun. Ela levava duas fileiras de *kimbap* em uma sacola preta, que colocou em frente a Jieun na mesa, e passou os olhos pelos demais. Só aquilo de *kimbap* não ia dar!

— Minha senhora, senta aqui e vem comer com a gente. Tem comida para todo mundo.

— Ai, imagina! Comam vocês. Acabei de comer uma tigela de arroz com cevada misturado com duas colheres de óleo de gergelim e *kimchi* de rabanete. Fiquei preocupada de você não ter comido nada hoje também, Jieun, então que bom que vieram! Quando precisar de uma sopa de *eomuk*, é só pedir! Bom apetite!

— Obrigada. Deve estar uma delícia.

Jieun sorriu enquanto pegava o *kimbap*. Ela gostava de estar perto daquelas pessoas. E, exatamente por isso, sentia-se mal. Se ganhasse a confiança deles, teria que partir outra vez. Ela não morreria, ao passo que um dia eles viveriam apenas em seu coração, e Jieun só teria a saudade como companheira. Por não querer se magoar caso se apegasse às pessoas, Jieun estava sempre de partida, mas tinha baixado a guarda naquele lugar, onde decidira viver pela última vez. Mas será que conseguiria mesmo finalizar aquela vida? Será que a finitude da existência se aplicaria a ela também? Depois de muito tempo, Jieun tentava sonhar, e sentia uma angústia um pouco diferente da de antes.

Será que eu conseguiria viver uma vida sem angústia?

Enquanto ela refletia, eles despejavam água quente de uma chaleira nas xícaras que usariam. Esquentar a xícara antes mantém o calor do chá enquanto ele é bebido. E como todas as coisas têm sua temperatura adequada, o calor necessário para fazer o chá é diferente do necessário para esquentar as xícaras. É preciso ferver a água para esquentar as xícaras, mas a água para o chá deve estar numa temperatura que não vá queimar a língua.

— Posso levar estas xícaras para aquela mesa?

— Pode, mas está deveras ardente. Não recoste a mão.

Tanto Jaeha e Yeonhee quanto a dona do Nosso Botequim olharam para Jieun ao mesmo tempo, todos chocados por ela ter sido tão formal com Haein. Teriam ouvido direito...? Era difícil de acreditar.

— Hum... por que essa formalidade toda com o Haein? Você costuma falar desse jeito também?

— Hã? Hum... eu... eu fiz isso? Quando? Deve ter saído sem querer.

Jieun deu as costas para os três, que estavam com os olhos arregalados, e falou com Haein enquanto despejava a água nas xícaras.

— Vai e leva isto aqui também.

— Ah, agora sim! Nada a ver essa formalidade toda. Estou com fome, vamos comer logo!

— Vamos! Boca é feita para comer! Tem que comer bem para viver bem e viver bem para comer bem. Vamos comer e viver!

— É isso aí, porque hoje é um grande dia! É dia de relaxar e aproveitar!

Estavam todos alegres. E até Jieun estava se divertindo. Se fosse para expressar em números, diria que a cada dez dias de sua vida, em nove não havia diversão, apenas a luta para suportar tudo.

— No que você tanto pensa lá no terraço toda vez que o sol se põe, hein? — perguntou Yeonhee a Jieun, mastigando o *kimbap*.

Elas sorriram juntas, ainda que fosse um sorriso falso. Yeonhee levantava os dedos para forçar um sorriso mesmo quando algum cliente da loja era desaforado com ela. Sorria até quando perdia o ônibus por questão de segundos. Às vezes, forçava um sorriso na frente do espelho e se achava igualzinha ao Coringa. Mas desde o dia em que escolhera sorrir, a quantidade de momentos de paz em sua vida aumentou. E desde o dia em que botara os pés na lavanderia pela primeira vez, ela se incomodava com a expressão triste no rosto de Jieun sempre que a moça estava sozinha.

— Por que a curiosidade?

— Por nada. Quando vejo você parada encarando o pôr do sol no terraço, tenho a impressão de que o sol vai puxar você para dentro dele. Mas não precisa me contar se não quiser!

Yeonhee coçou a cabeça enquanto sorria, constrangida, e Jieun assentiu duas vezes. Por um instante, fez-se um silêncio sereno. A dona da lavanderia mordeu o lábio inferior discretamente e abriu a boca como se tivesse mudado de ideia.

— Hum... eu rezo para que as pessoas encontrem a paz e o bem-estar que procuram, acendendo meu coração que nem uma vela.

— Como assim, "acendendo seu coração que nem uma vela"?

— É um costume acender velas quando se reza, certo? Faço a mesma coisa com meu coração. Assim como uma vela acesa, que vai se queimando, no momento em que o sol ilumina o céu ao se pôr, rezo pelo bem-estar daqueles que vão à lavanderia. Mesmo antes de ter a lavanderia, eu costumava oferecer o chá de consolação às pessoas e as ajudava com as manchas no coração delas.

— Ah... Então tem tempo que você faz isso...

— Muito, muito tempo. Todo mundo... Bom, acho que todo mundo precisa de alguém que acredite na gente, que nos apoie de verdade, nem que seja uma pessoa só.

— Uma pessoa só?

— Isso. Basta que uma pessoa acredite de verdade. E é bem difícil encontrar alguém assim. Por isso quero me tornar essa pessoa. Acho que se alguém, quem quer que seja, pedir pelo bem-estar de outro de todo o coração, esse outro vai viver melhor.

Os três amigos que acompanhavam Jieun ficaram refletindo sobre aquele negócio de acender o coração que nem uma vela. E também sobre o gesto de rezar pela paz e pelo bem-estar dos outros durante o pôr do sol. Pensando bem, Jieun não cobrava nada pelos serviços da lavanderia. Em vez disso, pedia que as pessoas retribuíssem com gentileza. Que circunstâncias a teriam levado até a vila deles...?

Foi Jaeha quem quebrou o silêncio.

— Haein, que tal uma música? Seria legal botar alguma coisa para a moça da lavanderia ouvir.

Haein, que estava perdido nos próprios pensamentos, levantou as sobrancelhas para mostrar que escutara o amigo.

— Eu trouxe a caixa de som — disse Yeonhee, tirando-a de dentro da bolsa. — Vamos conectar o Bluetooth.

Os três estavam em perfeita sintonia sem sequer terem combinado de antemão.

Quando Haein foi escolher a música, Jieun se levantou para ferver mais um pouco de água para o chá. Enquanto esperava a água ferver na chaleira, a música começou a tocar. Aquele era mais um dia em que ela precisava esperar a água ferver. Após ajustar a temperatura para que o líquido não ficasse quente de mais nem de menos, mas bom o suficiente para o chá, Jieun falou com Haein:

— É "Autumn Leaves", do Chet Baker? Combina com esta noite de outono.

— É, sim. Você gosta das músicas dele?

— Gosto. São versáteis, animadas e emocionantes. As músicas dele parecem ar fresco.

— Ar fresco… Faz sentido essa comparação. Qual é a sua música favorita?

— Todas. Fui muito amiga do Chet Baker no passado. Fico pensando se as músicas seriam muito diferentes se ele não tivesse se envolvido com drogas, se tivesse vivido feliz.

— Ah, você foi amiga do Chet Baker…

— Por que isso não choca você? Não acha que estou ficando louca ou que sonhei isso?

— Não. Por algum motivo, eu realmente acredito que você foi amiga dele, Jieun.

— Fui mesmo. Naquela época, algumas pessoas da banda viraram minhas amigas e vinham muitas vezes conversar comigo, e foi um período em que fui a muitos shows. Eu também queria limpar a mancha no coração do Chet Baker, mas… aí a música seria afetada. Às vezes, o sofrimento e a tristeza dão força para as pessoas viverem e servem de matéria-prima para a arte.

Haein costumava ficar calado na frente de alguém que acabara de conhecer. Espantado por ele ter escolhido justo aquele dia para tagarelar, Jaeha olhava boquiaberto de um para o outro. Ele riu alto quando Haein chamou Jieun pelo nome e lhe deu um tapinha no ombro.

— "Jieun", cara? Vai com um pouco menos de intimidade, né? Usar o nome sem o sobrenome é para quem é íntimo.

— Não precisa dessa seriedade toda, vai — respondeu Haein, com calma.

Haein falava de um jeito suave e poderoso, de forma que o que ele dizia sempre parecia fazer muito sentido. Mesmo quando era alguma coisa com as quais as pessoas não concordavam ou não entendiam, suas palavras eram capazes de mudar a perspectiva dos outros.

— Ah… Então a gente também vai chamar ela de "Jieun"… Ai! Para de me beliscar, Lee Yeonhee!

— Seu sem noção. Vê se cresce, Yoo Jaeha! E para com isso.

Apesar de já ter trinta e três anos, ele nunca amadurecia na frente dos amigos de infância. Ou melhor, não queria amadurecer. E no meio daquele grupo que comia e bebia fazendo bagunça estava Jieun, presa em sua impossibilidade de envelhecer. Ela invejava a conexão que os três tinham por terem crescido juntos. Eles naturalmente ficariam mais velhos e com o rosto cheio de rugas, e, ao pensar nisso, ela se sentiu solitária. *Também quero envelhecer junto de alguém.*

— Haein — disse Yeonhee, olhando de canto de olho para Jaeha —, se você quiser limpar alguma mancha do seu coração ou se ele estiver amassado e você desejar passar, aqui é o lugar certo para isso. Se quiser, a hora é agora!

— Mancha? No meu coração?

— Não aconteceu nada na sua vida que faz você pensar "se eu apagar isso aqui, vou conseguir seguir em frente"?

— Muita coisa.

— Então é só pedir.

— ...

Haein não respondeu. Em vez disso, pegou a xícara e tomou um gole, e mais um. Bebeu o chá e procurou outra música, com um sorriso no rosto. Era melhor não falar mais nada para ele. Quando alguém fazia uma pergunta capciosa e Haein não queria responder, ou não sabia como, ele ficava em silêncio. Seus amigos não o questionavam por isso. Se achava melhor não falar nada, então que assim fosse. Eles respeitavam a linguagem do silêncio. Quando as coisas ficavam difíceis, não diziam uma palavra, apenas ficavam do seu lado. Era uma regra implícita dos três.

— Jaeha, acha que sua mãe vai ficar feliz por você ter conseguido um emprego?

Desta vez, quem havia quebrado o silêncio tinha sido Jieun. No dia em que aparecera na lavanderia pela primeira vez, Jaeha pediu à dona do lugar que apagasse o sofrimento de Yeonja, em vez de tratar das feridas dele. A mãe ainda não tinha ido à lavanderia, e Jieun aguardava com o coração aceso para poder cuidar dela também.

— Eu liguei para ela a caminho daqui, e, quando ela ficou sabendo da novidade, desatou a rir.

— Se ela riu, então deve ter ficado muito feliz. Quando ela vem?

— Disse que na semana que vem. Para me ver e trazer um monte de comida gostosa. Posso vir junto com ela?

— Claro. Não esqueceu da promoção de inauguração, né?

— Ah, você sabe mesmo de tudo. Não esqueci, não, lógico!

Jaeha ficava muito grato a Jieun por ela não ter se esquecido da promessa de limpar as manchas de Yeonja. Envergonhado demais para agradecer com palavras, ele encheu o prato vazio de Jieun com as frutas que Yeonhee tinha levado. De repente, as pétalas do vestido florido de Jieun lhe chamaram a atenção e ele inclinou a cabeça.

— Você tem vários vestidos com essa mesma estampa?

— Com esta estampa? Não, só este.

— Hã? Jura? Parece que as flores estão menores do que da última vez.

Os três olharam ao mesmo tempo para as flores estampadas no vestido de Jieun, que também encarou a própria roupa. Era impossível que as flores tivessem diminuído. Elas aumentavam ano após ano...

— Isso é impossível. Você deve estar exausto hoje, Jaeha. É melhor vocês irem para casa. Preciso cuidar dos negócios da lavanderia.

— Acho que ninguém mais vai aparecer hoje... Não dá para fechar a lavanderia mais cedo? Você parece bem cansada.

Jieun se limitou a abrir um sorriso, sem dizer nada. Então aquilo era se importar com os outros? Perguntar se estavam bem ou se preocupar se a pessoa estava cansada. Ela desejara deixar aquela vida sem pensar duas vezes, mas parecia que tinha feito amigos. Se aquelas pessoas haviam se tornado queridas, ela teria vontade de mantê-las por perto. Sendo assim, seria difícil dizer adeus. Eles podiam envelhecer e morrer, mas ela, não. Já havia passado por muitas despedidas, mas toda vez seu coração se apertava da mesma forma. Por outro lado, não tinha como saber se era possível ou não deixar aquela vida. Nunca havia se desvencilhado do feitiço que fazia sua vida se repetir. Talvez envelhecer naturalmente acabasse sendo uma bênção.

— Arrumem as coisas e voltem para casa. Vou subir.

Jieun subiu as escadas, esperando alguém com o coração coberto de manchas. Haein observou com hesitação a figura esguia de Jieun enquanto ela se retirava. Então aquela era uma lavanderia que removia manchas de corações... Que passava corações amassados... E aquela mulher triste era a dona do estabelecimento.

Ela subira até o segundo andar, e, mesmo após sua silhueta desaparecer, Haein permaneceu com os olhos fixos na escada, por muito tempo, absorto nos próprios pensamentos.

Ela queria ter uma vida boa. Não sabia ao certo o que isso significava, mas só queria ter uma vida comum, igual à dos outros. No entanto, desde pequena, Yeonja já sabia que não seria fácil ter uma "vida comum, igual à dos outros". Ainda que não quisesse saber.

— Yeonja, por falar no dinheiro para a sua faculdade...

O pai dela, já um senhor de idade franzino, remexia as mãos enquanto falava, com as costas meio curvadas. Ele sempre fazia isso quando estava ansioso. Era dez anos mais velho do que a mãe dela e não tinha talento algum para ganhar dinheiro. Seu único talento era fazer filhos. Era um homem irresponsável.

Enquanto via os irmãos nascerem, Yeonja não deixou de ser a primeira da classe, mas mesmo assim ela já sabia. Não importava se tinha as maiores notas, não teria como fazer faculdade. Desde o momento em que se tornou maior de idade, tinha consciência de que o papel de sustentar os cinco irmãos mais novos cairia em suas costas. Mesmo sabendo disso, se não se dedicasse de corpo e alma aos estudos, ela achava que não conseguiria suportar aquele lar desagradável. Estudar era tudo o que lhe restava.

— Pai, eu não vou fazer faculdade.

Ele não perguntou "por quê". A alguns passos dali, a mãe dela instantaneamente parou de lavar o arroz na cozinha, congelada, como se estivesse prestes a fazer aquela pergunta. Mas qual seria o sentido de indagar, se todo mundo já sabia a resposta?

Yeonja entrou no quarto, passou pelos irmãos mais novos e começou a arrumar suas coisas. Em silêncio, encheu uma mala pequena e, ao sair de casa, foi direto para o complexo industrial. Entrou na linha de produção de uma fábrica de tofu por indicação da vizinha da frente, Jeongsoon, que trabalhara lá antes. Um ano. Juntaria o dinheiro do trabalho por um ano e então iria para a faculdade. Só um ano.

— Yeonja, por que você saiu sem comer? Eu fiz outra panela quentinha. O quarto não está frio? Você tem passado bem?

— Hum... Tenho, sim. Estou dividindo quarto com a Jeongsoon no dormitório. E estou comendo bem.

— Claro, você precisa se alimentar direito, a mamãe não pode mais dar comida na sua boca... Ai, ai...

O suspiro da mãe saiu pesado. Yeonja não conseguia respirar, como se sentisse uma pressão no peito.

— Está tudo bem... Eu mando o dinheiro quando receber.

— Desculpa... A gente vai dar um jeito.

— Dar um jeito como? Desta vez o pai machucou o braço e não consegue nem sair para trabalhar. Eu dou conta por enquanto.

— Obrigada...

A mãe era bondosa e frágil, e o pai trabalhava num canteiro de obras, ganhando por dia de trabalho. Tinham sido pobres a vida toda. Uma vez por ano, no Natal, eles saíam para comer fora, sempre num restaurante chinês. Pediam nove porções de *jjajangmyeon*, o macarrão com pasta de soja preta, e comiam com arroz cozido no vapor. Não havia como fugir daquela realidade precária. Quando sentiam fome, os irmãos mais novos que estavam em fase de crescimento raspavam e lambiam o prato, e, ao ver uma cena dessa, Yeonja empurrava a própria tigela para eles e acabava mascando nabo em conserva. Se bebesse água depois de passar um tempo mastigando o nabo salgado, sentia o estômago cheio.

Era uma pobreza desgastante, que já estava enraizada. Cansada do desconforto, ela sonhava com uma vida diferente. Pensar que poderia existir uma realidade melhor fazia Yeonja se agarrar à esperança.

— Yeonja, hoje vai rolar um almoço dos funcionários. Vamos juntas? — perguntou Jeongsoon, animada, após desligar o celular, virando-se para Yeonja e agarrando o braço direito dela.

Jeongsoon era linda. Assim que arranjou aquele emprego, havia furado as orelhas e começado a usar brincos gigantes. Também passou a arrumar o cabelo no salão, usar minissaia e exalar um cheiro forte de maquiagem. Yeonja abriu um sorriso fraco e balançou a cabeça. Ela só ficaria um ano ali, então não queria socializar com as pessoas do trabalho. Nem ia continuar ali por muito tempo... Determinada, foi andando em direção ao quarto. Com o dinheiro daquele trabalho, iria fazer faculdade, conseguir outro emprego, se casar com um homem comum e ter um filho. Não importava se fosse menino ou menina. Eles iriam morar num apartamento pequeno, viajar de vez em quando e pedir *jjajangmyeon* para a família toda, junto com um prato de *tangsuyuk*. Ela queria uma vida comum. Esse era o seu único desejo. A maior dificuldade deste mundo é "ter uma vida comum, igual à dos outros".

— Yeonja, passou perfume hoje?

— Não. Eu nem tenho perfume.

— Sério? Você está com um cheiro diferente. É muito bom.

Jeongsoon se apoiou carinhosamente no ombro de Yeonja enquanto inspirava o aroma. O olfato dela era sensível desde a infância. Ao passar pelas ruas, sabia o que serviriam no jantar só pelo cheiro.

— Ah... hoje usei um sabonete novo — explicou Yeonja, com um sorriso tímido.

Jeongsoon ergueu a cabeça do ombro de Yeonja e gargalhou.

— Ah, é? Viu, não falei que estava diferente hoje? Eu tenho memória olfativa. A partir de agora, vou me lembrar de você pelo cheiro desse sabonete. Hum... que delícia! Parece cheiro de neném. Posso usar esse sabonete?

— Hum... Aham. Claro.

— Maravilha! Ah, você também pode usar minhas maquiagens de vez em quando, ok?

Ela era uma boa pessoa. Afetuosa. Alguém tão doce que era impossível odiar. Era o tipo de pessoa que fazia bem aos outros só de estar perto. Essa era Jeongsoon. Yeonja concordou com a proposta dela.

— Mas, então... onde vai ser o almoço hoje?

— Hoje? Acho que vai ser num restaurante chinês.
— Sério? Ah… então acho que vou com vocês.
— Ótimo! Vamos, vamos!
Quem sabe assim eu não consiga ter uma vida comum, igual à dos outros?, murmurou Yeonja para si mesma e ergueu os olhos para o céu. Estava especialmente azul, sem uma nuvem sequer.

— Moça, quero um *jjajangmyeon* para cada, uma porção grande de *tangsuyuk* e uma porção de *palbochae*, por favor.
Havia pouco mais de vinte funcionários reunidos para almoçar no restaurante chinês. Às vezes, o chefe da equipe oferecia esse mimo com o dinheiro da empresa. Ele era um homem elegante, e Yeonja sentia vontade de perguntar por que um cara daqueles, que mais parecia um príncipe, era chefe de equipe numa fábrica. Mas ela não faria isso. Afinal, se não perguntasse, não haveria assunto entre eles, nem mal-entendidos, nem discussões. Intimidade era algo muito complicado e só dava dor de cabeça. Outra coisa que lhe dava dor de cabeça era questionar o motivo de ainda estar trabalhando naquela fábrica depois de três anos, quando tinha decidido que ficaria só um. Pensando nas despesas médicas do pai, que fora hospitalizado no mês anterior, Yeonja misturou o molho do *jjajangmyeon* e encheu a boca, colocando também um pouco do porco agridoce crocante.
— Yeonja, ninguém vai roubar sua comida. Vai passar mal se comer desse jeito. Come devagar. Moça, me vê um refrigerante, por favor.
Sem conseguir responder, Yeonja engasgou e teve um acesso de tosse. O chefe da equipe bateu nas costas dela e lhe ofereceu um guardanapo.

— Ah... obrigada — disse ela.
— Você gosta mesmo de comida chinesa, hein? — comentou o chefe, rindo e lhe entregando o refrigerante. — É por isso que só vem almoçar com a gente quando é em restaurante chinês...
— Hum... é...
Yeonja se espantou com o que ele disse. Ela não gostava daqueles almoços e, apesar de não aceitar convites de ninguém, adorava *jjajangmyeon* e um *tangsuyuk* crocante e cheiroso, e realmente só ia aos almoços quando eram em algum restaurante de comida chinesa. Havia quem a olhasse torto por não ir àqueles encontros, mas e daí? No ano seguinte ela nem estaria mais ali mesmo... Mas como o chefe tinha descoberto que ela gostava de comida chinesa? Uma interrogação surgiu na cabeça de Yeonja.
— É por isso que eu agora marco os almoços em restaurantes chineses. É muito bom ter você conosco — comentou o chefe, dando uma risada.
Ela acenou com a cabeça para ele, que ainda ria, e ergueu um bocado de macarrão. Precisava comê-lo antes que ficasse empapado. E precisava comer o *tangsuyuk* enquanto estivesse crocante. Para economizar, ela costumava fazer as refeições no dormitório, então aquele era o único momento em que conseguia comer fora. *Bom, parece que o chefe sabe ler as pessoas*, refletiu Yeonja enquanto mastigava o *tangsuyuk* e espiava os vegetais e frutos do mar do prato de *palbochae*.
Quando o almoço terminou, o dia ainda estava na metade. O sol intenso de verão brilhava, e a luz ofuscou os olhos de Yeonja, fazendo-a franzir o rosto. O chefe da equipe estendeu um copo de café para ela, que o olhou com uma expressão vazia, sem pegar o copo.
— Você não toma café? — perguntou ele. — É bom tomar depois de bater um pratão de *jjajangmyeon*, para recarregar as energias — acrescentou ele, rindo.
— Ah... sim... tomo, sim. Obrigada.

Yeonja sentiu-se constrangida ao aceitar o copo de café pelando naquele dia quente, em que o suor escorria mesmo quando estava parada. Ela detestava café. Ainda que fosse incrementado com outras coisas gostosas. Era um dinheiro que ela não tinha. Como não podia comer nem o que gostava, preferia não experimentar nada, para já não gostar desde o início. Ela achava que, se não alimentasse expectativas, não se decepcionaria, e se não gostasse das coisas, as decepções seriam menores. Estava mais acostumada a renunciar às coisas do que a gostar delas.

Mas por que logo naquele dia o chefe da equipe estava falando tanto com ela? Que desconfortável.

— Você parece não sair muito com o pessoal. O que você faz nos dias de folga, Yeonja?

— Hum... eu... nada de especial.

— E que tal ir ao cinema comigo esta semana?

— ...

Yeonja, que nunca tinha ido ao cinema, hesitou, sem saber o que responder.

— Depois do filme, levo você para comer o *jjajangmyeon* e o *tangsuyuk* que tanto gosta — ofereceu, dando outra risada.

— Ah... Pode ser.

Ao ouvir a resposta, ele abriu seu característico sorriso caloroso e tomou a frente com passos largos, como se estivesse empolgado. O suor escorria pelo rosto dela. Sua mão também suava, molhando o copo quente. Só então Yeonja tomou um gole do café.

Aquele foi um verão de arder o corpo, capaz até de cozinhar alguém, se a pessoa ficasse muito tempo parada.

Toc toc toc! Toc toc toc! Toc toc toc!!!

Ela acordou àquela hora da manhã com o som de alguém batendo na porta, como se fosse derrubá-la. Nos dias de folga, Yeonja e o chefe da equipe assistiam a filmes juntos e iam comer *jjajangmyeon* e *tangsuyuk*. Um belo dia, ela descobriu que estava grávida e se mudou para um quarto individual em frente à fábrica. Durante a semana, o chefe ficava na casa com os pais, para cuidar da mãe doente.

Será que ele tinha esquecido a chave? Movendo o corpo pesado aos nove meses de gravidez, Yeonja abriu a porta. No mesmo instante, um vulto a atingiu e a fez virar o rosto, com a bochecha ardendo. *O que foi isso...?*

— Sua piranha! Além de se meter com homem de família, ainda está grávida?! Você é uma vagabunda de quinta categoria! Deve ter entrado na fábrica de propósito, só para ficar perto do meu marido!

Yeonja sentiu-se tonta diante daquela mulher que cuspia fogo de tanta raiva. Do que ela estava falando?

— Não estou entendendo. Acho que você veio ao lugar errado... — disse Yeonja, enquanto ajeitava o cabelo desgrenhado pelo tapa que levou no rosto.

— O homem que é chefe da sua equipe e que vive aqui com você é meu marido! E nós já temos dois filhos!

Pela segunda vez, Yeonja entrou em estado de choque. Antes que ela se desse conta, a mulher a empurrou, entrou na casa e começou a atirar suas coisas longe. Ela não poderia ter recebido um aviso antes de a desgraça e a infelicidade chegarem? Se era para a desgraça chegar, não poderia ter sido uma de que ela pudesse desviar ou que conseguisse aguentar? Desgraça realmente atraía desgraça...

Volta e meia ela se sentia ansiosa e, claro, tinha suas suspeitas, mas nunca conseguira tirar aquela dúvida. Já que a mãe dele estava doente, o casamento civil e a cerimônia aconteceriam quando o bebê nascesse. Como ele já podia ter uma família? Não era possível. *E o bebê que estou carregando...? E o nosso bebê...?*

Naquele momento, Yeonja sentiu algo quente escorrer por entre as pernas. Mesmo naquelas circunstâncias, o bebê dava provas de que estava ali. A mulher berrava a plenos pulmões e, quando viu o líquido amniótico misturado com sangue descer pelas pernas da outra, soltou mais um berro.

— Ai, era só o que me faltava! A bolsa estourou? Cadê aquele mau-caráter? Sério, eu vou ficar louca!

As duas mães de filhos do mesmo homem se entreolharam. A intuição de Yeonja gritou que não havia mais ninguém para ajudá-la naquela hora além daquela mulher. Sem forças para ficar em pé e segurando a barriga, ela se abaixou, como se fosse ajoelhar, e se dirigiu à mulher.

— Perdão... eu... acho que o bebê vai nascer... por favor, me ajuda... por favor...

Yeonja mal terminara de falar quando sua visão ficou turva e ela começou a perder a consciência. *O meu bebê... eu preciso cuidar do meu bebê... eu preciso...* Uma dor excruciante que parecia rasgá-la lhe trouxe uma lembrança. Uma lembrança escondida bem lá no fundo, que fora esquecida de tão dolorosa que era.

— Yeonja, come isto e fica aqui. A mamãe já volta.

Naquele dia, a mãe vestiu Yeonja com uma roupa bonita, trançou seu cabelo, então, na estação de trem lotada, comprou pão e leite e lhe pediu que esperasse. Tinha um ar determinado, aparentando ter tomado uma decisão. Ao soltar a mão da filha, as pontas dos dedos dela começaram a chorar. Sim, pessoas que amam demais sentem as emoções até na ponta dos dedos. A pequena Yeonja teve vontade de perguntar "o que foi?", mas não o fez. Todos os dias, a mãe aparentava estar triste, mas naquele, especificamente, sua expressão era tranquila.

Agarrada a uma boneca, Yeonja manteve o olhar firme até não conseguir mais enxergar as costas da mãe, e só então começou a chorar. Sem conseguir abrir o berreiro, chorou enquanto tomava o leite. Precisou guardar o pão para depois. Até porque a mãe não voltou logo. A Yeonja de cinco anos teve a sensação de que poderia levar horas para que voltasse. As crianças entendem as emoções dos adultos por instinto. Ela chorou até cansar e foi dormir num dos assentos da sala de espera.

— Yeonja, a mamãe voltou. Desculpa, minha filha. Você esperou demais. Perdoa a mamãe, filha...

A noite estava escura, as luzes da sala de espera, antes cheia, se encontravam apagadas, e Yeonja dormia ali sozinha. A mãe chorava, apertando a pequena contra o peito. Era um choro sofrido. Aí, sim, a filha abriu o berreiro. Um líquido quente escorreu por entre suas pernas. Com medo de que a mãe voltasse enquanto ela estivesse no banheiro, Yeonja segurou a urina, e a soltou naquele momento. Por que a mãe tinha voltado? Ela estava toda arrumada, e a menina não conseguiu perguntar por que decidira voltar. Só segurou a mão dela com força e chorou sem soltá-la. Chorou bem alto. Depois daquele dia, Yeonja nunca mais chorou alto.

— Aguenta firme! Estamos indo para o hospital. O bebê não pode nascer aqui! Como é que eu faço um parto? Ai, eu vou enlouquecer!

A mulher sacudia Yeonja para acordá-la enquanto gritava que ela é quem era a esposa. *A esposa dele sou eu! Sou eu...* Segurando a barriga e torcendo para que o que quer que estivesse descendo por entre suas pernas não fosse o bebê, Yeonja desmaiou.

A vida não pode fazer isso comigo. Não pode.

Quando o inverno chega ao nosso coração, o que nos faz resistir é a esperança de que esse momento passe. Ela guia nossa vida e nossa morte. A esperança de que a primavera virá, e, às vezes, um verão escaldante, seguido de um outono para refrescar — é isso que faz as pessoas viverem. Como suportaríamos a vida sem esperança?

Yeonja foi até a lavanderia encontrar Jaeha, refletindo sobre esse sentimento ao ver as camélias florescerem na entrada. Então camélias floresciam até no outono... Ela pegou uma das flores caídas no chão e a admirou durante um tempo.

— Que linda. Será que o Jaeha já viu?

Yeonja pegou o celular e fotografou a camélia. Também tirou fotos das flores na entrada da lavanderia e as enviou para Jaeha. Algumas coisas fazem as pessoas pensarem naqueles que amam. Quando Yeonja encontrava algo de que gostava, era de Jaeha que ela se lembrava. Quando comia alguma coisa gostosa, era com ele que gostaria de estar dividindo a refeição. Só de falar o nome do filho amado, já se emocionava. Yeonja passou os olhos pela vila, que não visitava havia muito tempo. Ao sentir o cheiro de água salgada no ar, ela se lembrou da época em que morava com Jeongsoon.

Quando Jaeha nasceu, o homem ia vê-los uma vez por mês. Depois, passou a ir mês sim, mês não, até finalmente arrumar as malas e abandoná-los. Mesmo vendo Jaeha, aos quatro anos, agarrado à perna de sua calça, ele foi embora viver uma vida mais agradável. Tinha abandonado aquela realidade de um único cômodo para três pessoas, com banheiro do lado de fora. Yeonja mordeu o lábio inferior com força e não o impediu de ir.

Para conseguir viver, ela pegava qualquer trabalho que aparecesse. Foi cozinheira em restaurantes, fazia serviços domésticos para os outros, trabalhou em linhas de produção de fábricas. Se conseguisse fazer, ela ia lá e fazia. Até que, num dia qualquer, Jeongsoon foi ao restaurante onde ela trabalhava.

— Ah, Yeonja, como você chegou a esse ponto...? Como você tem passado esse tempo todo?

Um mês depois, Yeonja foi até a vila à beira-mar onde Jeongsoon morava. Aquela vila. Após deixar a fábrica, Jeongsoon estudou estética, começou a trabalhar num salão de beleza e logo abriu o próprio estabelecimento ali. Desde então, não havia se casado e morava sozinha. Com o dinheiro do trabalho no salão, comprou uma casinha e ofereceu um dos quartos a Yeonja e Jaeha. Yeonja trabalhava na cozinha do restaurante, mas também ajudava com as tarefas domésticas na casa de Jeongsoon e tinha mão boa para fazer quitutes deliciosos com poucos ingredientes. Ela criou Jaeha com refeições quentes e em um lar caloroso. E, enquanto morava com Jeongsoon, Jaeha até começou a ganhar peso.

No dia em que Jeongsoon morreu de câncer, Yeonja quis morrer junto com ela. Mas ela precisava viver para cuidar de Jaeha. Na primeira vez que segurou Jaeha, recém-nascido, pequenino e quentinho, ela soube que sua liberdade para morrer tinha acabado.

Não havia mais tempo para ficar buscando grandes sentidos para a vida. Ela ganhara a vida no momento em que nascera, e viveu por ter nascido. E ainda estava viva. Não importava como o tempo havia passado. Tudo passa. Porém, quando nos lembramos, parece que foi ontem.

Ah, se eu descer por aquela ruazinha aqui na colina, vou parar na casa de Jeongsoon. Será que ela ainda existe?

— Uau! Oi, Yeonja! Como tem passado? Quanto tempo, hein? Você continua linda!

— Ah, olá! Como vai a senhora? Pois é, quanto tempo mesmo. E a saúde, está boa?

— Está, sim. De vez em quando sinto uma dorzinha aqui e outra ali, mas não é nada de mais e fica tudo certo. Quando chega a idade, precisamos cuidar do corpo, senão não dá para viver. O Jaeha sempre come lá no bar. Veio ver ele?

A dona do Nosso Botequim vinha mancando do mercado quando encontrou Yeonja no caminho. Ela a cumprimentou, toda alegre. Com as mãos enrugadas, segurava as de Yeonja, ainda começando a enrugar. O calor compartilhado por aquelas mãos dizia mais do que qualquer palavra.

— É, a vida está bem corrida. O Jaeha me pediu para encontrar com ele na Lavanderia dos Corações. Esses filhos, uma hora querem que a gente os deixe em paz, na outra dizem que estão com saudades e querem ver a mãe. Ele me ligou ontem, e eu vim correndo.

Eles haviam se mudado quando Jaeha foi para a universidade, para que o filho pudesse fazer o curso de cinema. Após o início da faculdade, Jaeha falou que não queria mais morar com a mãe, que preferia ficar sozinho. E após muito zanzar por aí, no fim, acabara voltando a morar naquela vila à beira-mar. Parando para pensar, fora naquele lugar que os dois de fato mais haviam sido mais felizes e tido paz.

— Que bom. A porta da lavanderia fica aberta, então é só entrar e esperar um pouco. A dona de lá é ótima. Você precisa conhecê-la.

— Eu vou adorar. Aliás, o Jaeha falou que ela faz um chá delicioso e que é para eu tomar enquanto espero ele sair do trabalho. Foi o que ele me disse — comentou, sorrindo.

— Ah, esse garoto... até hoje querendo dividir as coisas boas com a mãe. Ele é assim desde pequeno. Quando eu dava um bolinho para a criançada, todas devoravam, mas ele enfiava na mochila e dizia que ia levar para dividir com a mãe. Uma graça. Ué, por que está chorando? Sua boba, você já está velha para isso. Agora vai lá, e depois dê uma passada lá no bar para comer, combinado?

— Combinado... Obrigada.

A dona do Nosso Botequim secou uma lágrima no avental e se virou, e Yeonja seguiu rumo à Lavanderia dos Corações. Uma brisa de flores vermelhas abriu caminho aos pés dela. Yeonja arregalou os olhos quando as flores passaram flutuando pela ponta de seus pés. Uma brisa de flores. Uma trilha de flores.

— De onde vocês vieram, belezinhas?

A trilha de flores que a envolvia rodopiava ao redor das pernas dela, como que a incentivando a andar mais depressa. Yeonja nunca tinha visto flores tão lindas na vida. E, ao fim daquela trilha, estava a lavanderia.

Ao abrir a porta, Yeonja foi recebida por Jieun, como se a sua presença já fosse esperada. O sorriso harmônico e a testa elevada e redonda dela eram idênticos aos de Jeongsoon, e Yeonja perdeu o fôlego de tanto espanto. Jieun estendeu as mãos para ela e respeitosamente a cumprimentou.

— Seja bem-vinda! Aqui é a Lavanderia dos Corações, onde eu lavo corações manchados ou engomo corações amassados.

As pétalas continuaram revolvendo ao redor das duas mulheres. Aos fundos do cômodo, mais algumas também rodopiavam em volta de Jaeha. Ele estava escondido e tinha uma expressão alegre enquanto observava a mãe admirar as flores.

— Cuidem dela, por favor. Aquela é a dona Yeonja, minha mãe. A pessoa que eu mais amo no mundo — disse Jaeha para as pétalas.

Como se já soubessem, as pétalas ao redor dele se juntaram e levantaram voo outra vez. Jaeha esperou até as pétalas dispararem lavanderia adentro para se virar e caminhar em direção à praia. Ele precisava cair nos braços do mar. Precisava sentir a água salgada. Há muitas histórias guardadas no mar. As ondas levam os segredos que as pessoas carregam no coração. Por isso o mar é tão, tão profundo.

— Se a senhora quiser se sentar, fique à vontade. Vou servir um pouco de chá. Está quentinho, viu?

Desde que havia chegado ali com as pétalas, Yeonja ficara parada na frente da porta, hesitante. Não estava habituada àquele tipo de recepção calorosa, então manteve a cautela. Mas como

Jaeha havia falado tão bem daquele lugar, ela não tinha dúvidas de que iria gostar dali. Yeonja agarrou com as duas mãos a bolsa transversal que usava e se sentou no assento mais próximo da entrada.

Jieun fazia o chá, deixando que Yeonja assimilasse tudo no tempo dela. Havia quem abraçasse situações novas sem problema algum, mas também quem se retraísse e ficasse em estado de alerta. Depois de muitos anos oferecendo chá de consolação aos outros, Jieun tinha aprendido a respeitar e a esperar o tempo que cada um levava para baixar a guarda.

Yeonja olhou ao redor lentamente. A melodia calma de um piano ecoava ali dentro. Aquele amigo de Jaeha, Haein, era apaixonado por música, e os dois costumavam escutar música juntos quando ele ia visitá-lo. Enquanto ouvia a melodia, pegou o celular para ver se não tinha nenhuma mensagem de Jaeha. Imaginou que ele ainda estava no trabalho, por isso era melhor não incomodar. Com cuidado, Yeonja colocou no assento ao lado a bolsa que segurava. A quietude daquele momento era confortável.

Levando o chá com extremo cuidado, Jieun se aproximou de Yeonja, que reuniu coragem para falar:

— Olá! Como vai? Jaeha me falou de você. Aquele garoto tem uma imaginação fértil, inventa cada história... Então esta lavanderia tem um conceito peculiar, é?

Jieun sorriu e fez que sim com a cabeça ao servir o chá com cautela. Despejou o líquido na xícara sem fitar os olhos de Yeonja. Com o cabelo bem preso, uma blusa de malha branca, uma confortável calça social preta e uma jaqueta de algodão bege, Yeonja parecia ter seus cinquenta e poucos anos. As mãos eram calejadas e não havia nada que se destacasse em seu rosto, sem um pingo de maquiagem. O mais memorável nela eram os calos nas mãos pequenas que um dia deviam ter sido bonitas. Jieun esperou Yeonja beber o chá de consolação sem a menor pressa. Era necessário tomar metade do chá para que o coração começasse a se soltar.

Às vezes, respeitar o tempo das pessoas fazia mais efeito do que magia na hora da limpeza.

— Não ligo muito para chá, mas este está delicioso... — comentou Yeonja, abrindo um sorriso tímido, e seu receio foi diminuindo.

Jieun saiu de trás do balcão e foi se sentar perto de Yeonja, mas deixando espaço entre as duas. Achou que a outra ficaria mais à vontade se elas não ficassem frente a frente.

De repente, Yeonja deixou de lado a xícara e tirou a jaqueta. Ela a dobrou e ajeitou em cima da bolsa e até soltou o cachecol. Estava na hora.

— Esse é um chá de consolação servido só aqui na Lavanderia dos Corações. É uma receita especial que eu mesma preparo. Aceita mais uma xícara?

— Ah... aceito... Nossa, me desculpe por só pegar o chá assim e tomar...

— Não tem problema. É pelo Jaeha ter sido contratado por uma boa empresa. Ele esteve aqui e fez questão de pagar.

Acanhada, Yeonja sorriu ao escutá-la falar de Jaeha e aceitou sem relutância a segunda xícara, bebendo um gole.

— Fazia muito tempo que eu não vinha a esta vila — sussurrou Yeonja, com um olhar vago. — Jaeha achava que vir até aqui poderia fazer eu me sentir melhor, e agora realmente estou mais calma. Obrigada.

Jieun foi se sentar ao lado dela, como que no automático, o espaço entre as duas diminuindo um pouco. Colocou uma camiseta branca discretamente à direita de Yeonja e começou a falar:

— Todos nós temos feridas e dores no coração. Cada um à sua maneira, todos achamos que nossas feridas são as mais dolorosas. Existe alguma lembrança que, se fosse limpa ou desamassada, deixaria você mais em paz? Jaeha me pediu para limpar as manchas do coração da mãe dele. Vista esta camiseta, suba até o segundo andar e, de olhos fechados, pense na mancha que gostaria de limpar. Depois a entregue para mim, e vou lavá-la.

— Foi Jaeha que pediu? Aquele moleque... Por que está pensando nesse tipo de coisa? Eu que sou a mãe dele, ele não tem nada que se preocupar com isso...

De olhos marejados, Yeonja pegou a camiseta das mãos de Jieun e a apertou contra o peito como se fosse um bebê. Que garoto intenso. Jaeha sempre fora assim. Muito maduro, cuidando da mãe, nem parecia criança. Mais do que tudo, esse era o motivo do sofrimento dela. Jaeha nunca havia implorado por um doce sequer, mas quando lhe contou que queria produzir filmes, ela secretamente ficou satisfeita.

Yeonja deu um suspiro.

— Existem manchas no meu coração que eu gostaria de limpar, sim — confessou. — Muitas, na verdade. Não sei por qual delas começar. Mas, ironicamente, dizem que o tempo é o melhor remédio. Por mais que tenha sido difícil, o que passou passou. Mais do que limpar, existem momentos dolorosos que eu gostaria de reviver.

Jieun ouviu as palavras de Yeonja com atenção e perguntou:

— Que momentos são esses?

— Quando Jaeha era criança, o dono da casa em que morávamos, de repente, nos deu um mês para sair do quarto. Aquele era o quarto mais barato da vizinhança. A gente não tinha dinheiro, então comecei a trabalhar no turno da noite no restaurante também. Eu não tinha onde deixar o Jaeha e levei ele comigo para o trabalho algumas vezes, mas o pessoal de lá não gostava disso. O que uma criança vai ficar fazendo enquanto a mãe lava a louça? Então, por um mês, até minha amiga Jeongsoon me chamar para morar nesta vila, eu deixava o menino sozinho em casa e trancava a porta com cadeado. Sabe quanta energia aquela criança tinha? Ele agarrava minha cintura e me puxava. Não dava para continuar assim... Eu sabia que se deixasse ele sozinho fora de casa, ia acabar perdendo ele. Naquela época, o meu maior medo era perder meu filho. Como é que uma criança de cinco anos ia saber voltar para casa? Então, eu trancava a porta por fora, e toda vez me sentia destruída... Quando ele começava a chorar do lado de dentro, eu sentia um peso enorme... Todo dia a gente chorava, um de cada lado da porta...

Jieun não respondeu. Em vez disso, segurou firme as mãos de Yeonja. Ao sentir o calor das mãos da outra, Yeonja deixou as lágrimas rolarem livres num choro silencioso.

— Mas aquele garotinho, ele sabia que a mãe chorava, e, uns dias depois, simplesmente parou de chorar. Mesmo que a boquinha tremesse, ele não chorava, e sofria calado... Isso também acabava comigo, por isso passei a chorar sozinha enquanto me afastava, porque sabia que, se me visse chorando, ele ficaria muito triste. Agora que estou mais velha, vejo que os filhos são melhores que os pais. E quando eu vim para cá, achei que daria trabalho a Jeongsoon. Só que, apesar disso, ela não me deu escolha. Jeongsoon era um ser de luz. Uma pessoa amorosa, inteligente e que estava sempre sorrindo.

Desta vez, ao pensar em Jeongsoon, Yeonja abriu um sorriso fraco. Sempre que se desculpava por se considerar uma parasita, Jeongsoon balançava a mão e dizia: "Yeonja, pessoas como nós, que cresceram sem receber amor e sofrendo sozinhas, precisam se amar e se unir. Quem recebeu muito amor na vida cresce sem nenhuma ruga no rosto e chega a brilhar... Já nós ficamos nas sombras, e se só estivermos com essas pessoas, vai estar tão claro que vamos morrer queimadas. Amiga, eu não quero morrer queimada. Então vamos viver, nós duas, fazendo sombra uma para a outra. Eu já cansei de me ferrar no amor. E não vou me casar com ninguém. Por isso, quero que você fique comigo. Estou sozinha e preciso de você mais do que você precisa de mim."

Nunca tinham dito a Yeonja frases como "fique comigo" ou "preciso de você". As coisas que Jeongsoon dizia para fazê-la se sentir melhor partiam o coração dela. Jeongsoon era tão iluminada que Yeonja não conseguiu enxergar o sofrimento da amiga, de tão focada que estava na própria dor.

Depois disso, Yeonja começou a se esforçar cada vez mais para fazer as refeições para Jeongsoon e passar as roupas dela. À noite, Yeonja preparava a água do banho da amiga, que chegava com as pernas inchadas por ter trabalhado em pé o dia inteiro. Ela era só dois anos mais nova que Jeongsoon, mas as duas agiam como mães uma da outra. Yeonja se lembrava como se fosse ontem de quando Jeongsoon descobrira o câncer. Ela não quis passar o fim da vida no hospital e se recusou a fazer quimioterapia, preferindo viver os meses seguintes em casa.

— Pensando bem, sinto muita falta de quando eu morava com a Jeongsoon. Porque agora ela se foi. Acho que sei o motivo de o Jaeha ter me pedido para vir aqui... Aqui tem uma força que dá liberdade ao nosso coração. As pétalas também eram lindas.

Jieun tinha a sensação de que já conhecia Yeonja havia muito tempo. Sorria e assentia enquanto prestava atenção na sua voz suave. Jieun queria ouvi-la falar até que a liberdade alcançasse o fundo do coração dela.

— Eu me arrependo de uma coisa... — continuou Yeonja, depois de parar para pensar por um momento. — Quando Jaeha era adolescente, o pai dele me ligou para dizer que estava com uma doença terminal. Que não iria viver muito mais tempo e que sentia saudade de Jaeha... O sujeito nunca pagou pensão direito, aí, antes de morrer, liga dizendo que sente saudade do filho... Perguntei se Jaeha queria ver o pai, mas ele disse que não. E não consegui convencê-lo. Se Jaeha decidiu, estava decidido. Quando ele faleceu, me ligaram. Fiquei pensando que Jaeha deveria ir ao velório e levei ele sem dizer para onde estávamos indo. Nós dois ficamos parados por um tempo em frente à sala do velório, e então demos meia-volta. Jaeha não queria entrar, mas, naquela hora, eu deveria ter agarrado a mão dele e levado o garoto para, pelo menos, ver a foto do pai... Eu queria saber o que ele faria ao ver a foto... é isso.

Yeonja não chorava mais. Era um desperdício chorar por aquele homem.

— Já falei muito, né? Me desculpe. Mas me sinto aliviada por ter falado tanto. Obrigada. Seu sorriso é idêntico ao da Jeongsoon. No início, fiquei meio chocada, só que acho que foi por isso que me abri mais.

Enquanto Yeonja enxugava as lágrimas com um lenço, Jieun ficou se perguntando se já a conhecera em alguma outra vida. A lembrança era vaga. Ela acreditava ter boa memória, porém, depois de ter renascido milhões de vezes, era difícil se lembrar de tudo.

— É bom escutar o que as pessoas têm a dizer. Eu adoro ouvir histórias. Na verdade, a senhora também não me é estranha. Talvez a gente já tenha se encontrado em algum lugar.

Jieun despejou mais chá na xícara de Yeonja, que chorava em silêncio, e também bebeu um pouco. A bebida era feita especialmente para Yeonja, e, ao tomar do mesmo chá que a cliente, Jieun compartilharia os sentimentos dela. A melodia do piano foi interrompida, mas a quietude continuou acolhedora.

— Então, a senhora tem direito a limpar apenas uma das manchas do seu coração. Precisa colocar essa camiseta e escolher qual das manchas que aparecerem nela a senhora gostaria de limpar.

Yeonja abriu os olhos e criou coragem de olhar para Jieun. Não estava mais chorando. Até abriu um sorrisinho.

— A gente acabou de se conhecer e eu já estou chorando na sua frente, me desculpe. Eu sei que é falta de educação, mas me senti revigorada ao colocar tudo isso para fora. Fazia tempo que eu não chorava.

— Está tudo bem. Depois de tudo isso, não chorar na minha frente seria ainda mais estranho.

As duas riram. Depois de um instante, deram um gole no chá ao mesmo tempo e baixaram as xícaras.

— Já passei por coisas bem ruins na vida, sabe. Costumava achar que minha dor era a maior do mundo. Mas aí me dei conta de que todos têm suas dores, e eu não sou a única que sofre. Nunca fui tão feliz quanto sou hoje em dia. Estou em paz. Quando subi no ônibus para vir até aqui e vi aquele pôr do sol tão lindo, senti vontade de chorar de tanta felicidade. Às vezes, quando pego o ônibus durante o dia, não sobe mais ninguém. É como se fosse um ônibus particular. Parece que estou indo viajar para algum lugar. Você já andou de ônibus?

— Hã? De ônibus? Minha casa fica perto da lavanderia, então não preciso.

— Mas você pode arranjar um lugar para ir. Experimente pegar um ônibus e descer no centro da cidade. Durante o dia, esta vila tem uma vista maravilhosa. Também dá para ficar observando as pessoas na rua por aquela janela gigantesca.

Jieun assentiu. Viajar de ônibus: a lista de coisas para fazer naquela vida estava aumentando.

— A felicidade está em todo canto. Quando acordamos no susto porque achamos que perdemos a hora e precisamos trabalhar, mas é fim de semana, e aí bate o alívio e fechamos os olhos de novo. Que delícia é poder dormir um pouco mais nessas situações. Eu gosto dos meus dias agora. Claro que existem muitos momentos da minha vida que me deixaram infeliz e que eu gostaria de limpar, mas, se não tivesse passado por eles, não saberia que agora está tudo bem. Não quero apagar meus momentos infelizes. É por causa desses momentos que estou aqui agora, e Jaeha também.

— Ah... Entendi...

Jieun piscou, surpresa com aquilo. As pétalas que se aproximavam para levar Yeonja também pararam. A doce Yeonja era, na verdade, a pessoa mais forte que a dona da lavanderia já conhecera. Alguém disposto a abraçar as próprias feridas e seguir em frente. O coração de Jieun foi tomado pela quietude, como uma onda sonora. Era como sentir uma melodia. A voz de Yeonja parecia uma linda música aos ouvidos da outra.

— Agora estou fazendo faculdade a distância. É um curso de aconselhamento psicológico. Com os estudos, aprendi a entender e ter empatia com as dores dos outros e ajudá-los mais. A vida é um negócio bem estranho mesmo, né? Houve uma época em que eu estava sofrendo tanto que achei que fosse morrer, e implorei aos céus para me levarem. Só que, pensando nisso hoje, percebo que todo aquele sofrimento também fez parte da minha vida. Penso que, sem ele, eu também não existiria. Quando eu terminar esse curso, vou me matricular em nutrição. Afinal, são os alimentos que dão vida às pessoas. Uma barriga cheia é o que nos dá forças para viver. Vou estudar muito e abrir um restaurante, para que a minha comida dê forças às pessoas e elas consigam viver. Agora vou estudar o que eu quiser e trabalhar o quanto aguentar para passar o resto da minha vida ganhando dinheiro.

Com um sorriso tímido, Yeonja vestiu a camiseta que apertava contra o peito. Ao vê-la colocar a camiseta depois de dizer que não iria lavá-la, Jieun sentiu-se um tanto inquieta. Havia restado naquele coração alguma mancha maior que Jieun não tinha conseguido entender? Yeonja levantou-se do balcão e olhou para Jieun.

— Eu não odeio minha vida. Antes, achava que ela era um desastre, e me sentia mal por pensar assim, então me esforçava para gostar dela. Mas hoje gosto naturalmente da vida como ela é. Tenho várias coisas lindas na minha vida. Mas como meu filho quis me dar um presente, vou aceitar. Não vou limpar nada, mas peço que, por favor, dê só uma passadinha nas partes amassadas para diminuir a dor quando as lembranças vierem.

Assim que Yeonja parou de falar, as pétalas que estavam ali, na expectativa, começaram a se mover em círculos. Jieun sorriu. As pétalas rodearam as pernas de Yeonja e, com um entusiasmo vivaz, como se em uma salva de palmas, a levaram até a frente do ferro de passar, na área de lavanderia do segundo andar. Yeonja arregalou os olhos, surpresa, e elogiou o espetáculo das pétalas:

— Nossa, que maravilha isso, vocês continuam lindas. Hoje é mesmo um dia especial!

Era bom estar viva. Ter nascido, viver, respirar. Yeonja tinha vivido porque não podia morrer. Porque não tinha outra opção.

Porém, agora, estava viva por querer viver e, por querer viver, se via feliz em estar viva. Ela precisou de muito tempo para perceber que sua felicidade não dependia dos outros, mas de fortalecer o próprio psicológico. Talvez precisasse passar por um longo túnel de infelicidade para entender que ser feliz exigia prática.

Todas as manchas da vida são lindas. Ao conhecer a brevidade da vida, só o pensamento positivo a transforma em algo bom. De repente, algo ocorreu a Yeonja. Enquanto observava Jieun engomar com cuidado a camiseta amassada, ela pensou que, se Jeongsoon houvesse tido uma filha, com certeza seria bonita como aquela moça...

— Pronto, agora está lisinha. Mas quer saber? Quando vestir esta camiseta, ela vai ficar amassada de novo.

— Eu sei. As partes amassadas também estão entre as coisas lindas da minha vida. Está tão quentinha... Obrigada.

Ela pegou a camiseta e segurou a mão de Jieun com delicadeza. As duas sentiram um quentinho fluir por aquele toque em direção ao coração delas, uma sensação compartilhada que ia de uma para a outra, e vice-versa.

Jieun sentiu o coração se acalmar.

— Dona Yeonja, já acabei o expediente! Está por aí?

Jaeha abriu a porta e entrou berrando de propósito. Jieun e Yeonja começaram a rir, e as pétalas que cobriam as duas se viraram para o térreo e desceram até ele. Ao levantar os olhos para o segundo andar, Jaeha tomou um susto e deu um passo para trás.

— Eita! Mas a senhora já se acostumou a pegar carona com as flores, dona Yeonja? Que rapidez! Eu trouxe comida. Você fez ovo de codorna cozido com molho de soja, né? Vamos comer! Jieun, come com a gente! Os acompanhamentos que minha mãe faz são muito gostosos!

A voz animada de Jaeha preencheu toda a lavanderia, e os três riram juntos. O calor humano era mais forte e mais intenso do que qualquer outro. Era uma noite de outono um tanto fria, mas o clima dentro do estabelecimento estava aconchegante.

— Olha, hoje as pétalas do seu vestido estão meio roxas...

— Estão? Para mim, parecem vermelhas como sempre...

— Olhando de novo, parecem vermelhas mesmo. Mas, um segundo atrás, estavam roxas... A dona Yeonja adora flores. Deve ser por isso que o seu vestido anda chamando minha atenção — comentou, dando uma risada.

Toc toc toc.

Alguém batia na porta. Quem poderia ser? Jieun não estava esperando ninguém...

Ela foi abrir. Um entregador estendeu um pacote pequeno e pediu a assinatura.

— Envio da srta. Lee Yeonhee. Aqui é a Lavanderia dos Corações, correto?

A vida naquele mundo estava tão fácil assim? Yeonhee tinha enviado o pacote no dia anterior, e ele já havia chegado à vila no litoral. Jieun assinou, e, quando foi entregar o recibo, os pulsos do entregador lhe chamaram a atenção. No pulso esquerdo havia um relógio digital enorme que detalhava até os segundos; no pulso direito, havia um *smartwatch*. O entregador pegou o papel, curvou o corpo para a frente em sinal de respeito, virou-se e anotou o horário de entrega. Então, cobriu os olhos com o chapéu e caminhou em direção a um beco escuro. Naquele momento, Jieun sentiu que alguém a observava daquele beco escuro.

— Quem é? Quem está aí? — gritou ela.

No entanto, parecia não ter ninguém escondido. Com a cabeça inclinada, Jieun fechou a porta da lavanderia e foi até o beco para dar uma olhada. Ela inspirou fundo. O cheiro do mar e de folhas secas era acentuado pela brisa fresca. Ela ouvia o som crepitante de madeira queimando, sinal da diligência das estações. Sem estardalhaço, o verão tinha ido embora e o outono havia chegado.

— Ah, o tio Yeonghui trouxe um pacote. Jieun, não tem ninguém aí. O que está fazendo? Vem logo comer antes que esfrie! — exclamou Jaeha, puxando o braço dela.

— Tio Yeonghui?

— Aham. É um cara chamado Kim Yeonghui, que mora aqui na vila há muito tempo. Ele não diz de onde veio nem o que faz, mas entrega todos os objetos pesados da vila. Carrega as sacolas para as senhoras que moram na parte alta e ajuda com as tarefas que exigem esforço físico, sem reclamar. Por isso chamamos ele de Tio Yeonghui.

— Ele deve ser boa pessoa... Bom, vamos voltar.

Eu preciso comer. Preciso. E é o que vou fazer. Comer e viver. Viver e fazer como a dona Yeonja falou: andar de ônibus e contemplar a vila. É assim que eu vou viver.

Ao terminar o pensamento com "eu vou viver", Jieun abriu um ligeiro sorriso.

Talvez fosse mesmo uma coisa boa, aquela tal ideia de viver a vida.

Depois do jantar, Yeonja e Jaeha voltaram para casa. Ao observar o afeto entre mãe e filho, que iam embora de mãos dadas, Jieun desejou de todo o coração que os dois vivessem em paz. Ela havia fundado a Lavanderia dos Corações para que pudesse interromper o ciclo interminável de vidas que havia infligido a si mesma. Ela achava que as pessoas iriam querer arrancar todas as feridas do próprio coração, mas Yeonja só quis dar uma amaciada nas coisas, e isso fez Jieun ponderar sobre a verdadeira natureza do "coração".

Parando para pensar, o que chamamos de coração, para além do órgão, é algo invisível aos olhos, sem uma forma tão definida, mas que possui uma força enorme. É no coração que os atos começam, os problemas se resolvem e as coisas terminam. Às vezes, flores desabrocham dele, e é nele que a tristeza perdura. Talvez o coração seja o segredo para o começo e o fim de tudo.

Ainda refletindo acerca do coração, Jieun trancou a porta da lavanderia, pegou o pacote e foi até o Nosso Botequim. Alguma vez já tinha pensado assim sobre aquilo tudo? Apesar de ter renascido milhões de vezes, não costumava esmiuçar ou meditar a respeito do coração.

O coração é parecido com as flores. A depender do cuidado e da luz do sol, pode tanto desabrochar quanto murchar, ou apodrecer, soltar perfume, se encher de pragas. E as pétalas podem renascer e formar uma flor novamente.

Seriam a beleza e a tristeza duas faces do coração? Não seria possível existir apenas beleza dentro dele? Aliás, o que é realmente a beleza? Sofrimento e mágoas não são considerados belos, enquanto alegria e prazer, sim. Mas e se for o contrário? E se a beleza estiver em sofrer e se entristecer, não em se animar e buscar o que traz alegria? Talvez as pessoas tenham medo de que tudo desmorone se descobrirem essa verdade oculta. Jieun não tinha certeza. Apesar de já ter vivido muito, havia muitas coisas que ela não sabia.

— Minha senhora, ainda não fechou o bar? Yeonhee lhe enviou isto, já que a senhora estava com dor nos joelhos.

— Ahhh, Yeonhee? Que amor... Ela não precisava ter comprado nada... Agradece a ela por mim, por favor?

Embora tivesse dito que não precisava, o rosto da dona do Nosso Botequim se iluminou. Nos últimos dias, as fisgadas no joelho haviam aumentado. Jieun colocou o pacote sobre a mesa vermelha, que ainda continha a mancha pegajosa de gordura.

— Escuta, algum dia esta mancha vai ser limpa? — perguntou Jieun, batendo no lugar com o indicador.

A outra largou a cebolinha que estava picando e foi até a mesa para esfregá-la com um pano de prato.

— Já está aí faz tempo, não vai sair. Nem esfregando deste jeito. Mas tudo bem, só gente boa vem aqui, o pessoal não se importa.

— Mas é por isso que muitos clientes pedem para entregar. Se quiser que eles venham e comam aqui, a mesa precisa estar limpa. Posso dar uma mesa nova para a senhora?

— Ah, deixa, deixa — replicou a outra, balançando o ramo de cebolinha. — Se vier mais gente, não vou conseguir tocar este lugar sozinha. Para que ganhar mais dinheiro? Eu já tenho o suficiente.

Na opinião dela, uma mesa nova não combinaria com aquele lugar. A verdade era que, de alguma forma, as antigas panelas de aço e os pratos de plástico velhos que ela insistia em usar lhe traziam uma sensação de conforto. Jieun afastou a cebolinha picada, abriu o pacote e observou enquanto a dona do estabelecimento examinava os frascos de remédio. Vê-la com tantas dores fazia Jieun sentir dores no próprio joelho. Que coisa... a dor física também estava sendo transferida para ela, tal como os sentimentos.

— E se a senhora tomar isso, a dor no joelho vai passar? Ultimamente, também ando sentindo meu joelho latejar... Deve ser porque já vivi demais.

— É mesmo? Então toma um. Tem que se cuidar desde cedo, senão vai passar por poucas e boas na velhice que nem eu. Aqui, pega um frasco.

— Ah, não. Isso é para a senhora. Vou pedir pra Yeonhee me mandar um também.

— Não, tudo bem. Vamos tomar um deste primeiro e depois pedimos.

— Ah... ok, então...

Jieun hesitou antes de pegar o frasco e se levantar. Era melhor fechar a lavanderia. Depois de descobrir que a dona do Nosso Botequim só fechava o bar depois que ela fechasse a lavanderia, parou de deixar seu estabelecimento aberto até a madrugada.

Aquela sensação persistia até que as luzes da lavanderia fossem apagadas. Persistia até começar a cochilar. No início, ela não conseguia entender seu significado, mas depois de tantas estações juntas, percebeu que as luzes do Nosso Botequim passavam uma peculiar sensação de segurança. Às vezes, quando a dona do bar ia para o hospital e as luzes eram apagadas mais cedo, os passos de Jieun ficavam igualmente fracos. As pessoas são criaturas muito estranhas. Precisam manter uma distância saudável das outras, mas só conseguem viver em relativa proximidade.

Ao sair do Nosso Botequim, Jieun, de repente, estava carregando duas fileiras quentes de *kimbap* dentro de uma sacola plástica preta. Sempre que saía do trabalho, a dona do bar lhe entregava duas fileiras de *kimbap* para comer no dia seguinte. Com o frasco de remédio numa mão e a sacola na outra, Jieun abriu a porta e se virou para trás.

— Minha senhora, cuide direitinho da sua saúde, pois ainda tem muitos e muitos anos pela frente. Não economize com as despesas médicas. Se não conseguir arcar com os custos, eu começo a pagar o valor do *kimbap*.

— Bom, bom... Graças a você, fico mais tranquila. Gente velha doente não é nenhuma novidade. Daqui para a frente é viver tentando me livrar das minhas dores. Mas, certo, vai logo! Ah, e você fez bem em receber a Yeonja hoje. Foi uma maravilha!

Após se despedir de Jieun, a dona do bar abriu a boca num grande bocejo. O dia se encerrava para ela também.

Do lado de fora, pela porta de vidro fechada, Jieun acompanhou com satisfação a outra ir embora. A proprietária da lavanderia, antes tão fraca e mirrada que não seria estranho se acabasse se desintegrando, aos poucos recuperava a vitalidade. Todos os dias, a dona do Nosso Botequim oferecia duas fileiras de *kimbap* a Jieun, que todos os dias achava que talvez houvesse algum ingrediente diferente. Ela comia com gosto e nunca sobrava. Aquela porção era o suficiente.

Algumas pétalas vermelhas ainda permaneciam ao lado de Jieun, em vez de voltarem para a lavanderia. Ela as observou. Formavam uma figura que lembrava uma pessoa de pé, e ela deu risada ao cutucar uma das pétalas.

— Ei, não se preocupem. Tudo tem seu tempo. Logo vai acontecer algo de bom. Quando a gente acredita, acontece. Agora, voltem para o lugar de vocês.

Com isso, as pétalas desapareceram num redemoinho. O sono era tranquilo numa noite como aquela, em que o afeto e o cuidado transbordavam. Até o suave luar que iluminava o beco também parecia sorrir. Noites como aquela eram mais claras e mais quentes do que fora o dia, por mais forte que o sol tivesse brilhado. Estar nas sombras não significa só escuridão, e estar no claro não quer dizer apenas luz. Também existe luz na escuridão, assim como existe escuridão na luz.

A noite estava branda.

Um rumor havia se espalhado com a brisa do mar, e, por um bom tempo, a Lavanderia dos Corações ficou cheia de clientes. Foram dias bem corridos: no começo, eram estudantes que pediam para limpar o desgosto por terem ido mal numa prova, depois foram chegando novas manchas para apagar, com diferentes formatos e histórias, e cicatrizes antigas para passar. Jieun fazia o chá com eficiência, ouvia o que as pessoas tinham a dizer e mandava as pétalas de flores até elas. A máquina de lavar e o ferro de passar trabalhavam sem descanso.

O trabalho transcorreu até o anoitecer da sexta-feira, quando Jieun decidiu fechar a lavanderia mais cedo, para voltar apenas na semana seguinte. Ela apagou a luz da placa na entrada e, com um sorriso, soltou as pétalas, que foram liberando seu perfume ao serem carregadas pela brisa em direção ao mar. Desde que havia decidido que não queria mais viver infinitamente e começado a colocar seus dons em prática, Jieun se sentia mais viva do que nunca. A distinção entre "morrer" e "viver" estava em algumas poucas letras, mas a diferença de peso entre as duas era enorme. Ainda que tivesse decidido pela morte, ela se dedicava à vida todos os dias.

Quando Jaeha e Yeonhee iam à lavanderia depois do trabalho, volta e meia Haein os acompanhava e o grupo ficava ali escutando música e comendo. Haein estava montando a própria exposição de fotografia e Yeonhee andava radiante, pois tinha sido escolhida a melhor funcionária da empresa por dez anos consecutivos e promovida a líder da equipe de treinamento.

Eles compartilhavam o cotidiano, e a sensação que ficava era de paz. Mas poderia um coração como o dela desfrutar daquela sensação? Seria mesmo possível? Sempre que era tomada por um sentimento de paz ou felicidade, ela ficava mal pelas pessoas de quem sentia falta.

Dominada pela saudade e pelo arrependimento, Jieun dobrava as camisetas brancas e as empilhava em uma gaveta.

— Quer ajuda? — perguntou Haein, que tinha ido à lavanderia levar alguns biscoitos para Jieun no fim da tarde.

Ela não respondeu, apenas confirmou com o olhar, o que o fez sorrir. Os dois começaram a dobrar as camisetas lado a lado. As peças brancas limpinhas e bem secas tinham cheiro de sol e exalavam um aroma gostoso de sabão.

O perfume destas camisetas branquinhas é tão bom. Lembra a Jieun...

— Oi?

— Hã? Eu falei alguma coisa?

— Que o perfume destas camisetas branquinhas é tão bom... e que fazem você se lembrar de mim...

— Hã...

Haein achou que tinha pensado naquilo, mas a frase escapulira. Ele ficou tão surpreso com o que Jieun disse que ficou vermelho como um tomate.

O que eu faço?

— Como assim o que você faz? Eu também gosto do cheiro de roupa lavada... E, bom, se ele faz você se lembrar de mim, então isso quer dizer que sou uma boa pessoa, né?

— Quê...? Por que eu fico falando em voz alta o que eu estou pensando? Eu não costumo falar tanto assim...

Ao ver a expressão de surpresa no rosto dele, Jieun começou a rir. Ele era mesmo uma pessoa pura.

— Talvez você queira falar comigo. Você tem um tempinho livre?

— Ah, hum... tenho, sim!

— Então, por favor, dobre as camisetas para mim. Preciso arrumar tudo no segundo andar. Obrigada!

Jieun passou toda a pilha de camisetas para Haein, e, assim que se virou, as pétalas vermelhas começaram a flutuar ao redor dos dois.

Tu-tum, tu-tum, tu-tum!
O que é isso? Por que meu coração está batendo tão rápido? Os dois se viraram, com a mão sobre o peito, sem conseguir se encarar.

— Já que nós dois estamos arrumando, vai ser rápido. Estou um pouco cansada hoje, então agradeço. Se estiver com tempo, pode me ajudar com as roupas lavadas?

— Claro, sem problema. O que precisar.

Logo em seguida, as pétalas vermelhas se agruparam aos pés deles, em um rodopio amável, e foram carregando os dois, como a carruagem da alma do poema de Emily Dickinson. Quanto tempo levava para se apaixonar por alguém? Seria aquele o sentimento, quando o coração pulsava de tal forma? Jieun ficou um tanto encabulada com aquela sensação estranha. Mas era uma estranheza agradável.

— Estas pétalas são muito bonitas — comentou Haein.

— Não são? Graças a elas, faz tempo que não me sinto sozinha.

— São mesmo uma bênção.

— Apesar de já ser de tarde, ainda tem muita luz do sol. É o clima ideal para secar as roupas lavadas.

Jieun tirava as roupas do cesto e as entregava a Haein, que sacudia cada peça antes de estendê-las no varal. Às costas dos dois, o sol da tarde os aquecia com seu brilho.

Observando Jieun contra a luz, Haein ficou pensando que seria ótimo se aquele momento durasse para sempre. Será que alguma vez na vida já havia desejado que um momento nunca chegasse ao fim? Para ele, que teve que lidar com a tristeza calado e sempre torcia para que o tempo passasse rápido, era mais comum precisar se conformar com as coisas como elas eram do que ansiar por algo que quisesse. No entanto, uma brisa desconhecida atravessava seu coração. Se ele tivesse que escolher um único momento de sua vida para se lembrar no futuro, talvez fosse aquele.

— A visão das roupas brancas no terraço não é uma beleza?

— É, sim. Muito bonita. Por isso eu trouxe a minha câmera.

— Registre essa visão só com os olhos. E com o coração. Se uma cena é bonita de verdade, não precisa ser fotografada. É bom ter as fotos, mas acho que é ainda melhor guardar no coração os momentos que desejamos lembrar para sempre, para não perder nem um segundo deles.

Haein concordou com a cabeça. Os dois se entreolharam e sorriram com um vigor semelhante. E ficaram ali, lado a lado no terraço onde as roupas brancas esvoaçavam, ambos admirando o sol se pôr. Era aquele momento. O que ele desejava conservar para sempre.

Toc, toc, toc!

Assim que estenderam as roupas e desceram, eles ouviram fortes batidas na porta.

— Senhora, trouxe uma encomenda.

Pelo visto, os suplementos alimentares que Yeonhee enviara tinham chegado. Jieun fechou a gaveta e foi até a porta. Sempre que ela andava, as pétalas vermelhas estampadas na saia preta também se movimentavam, como que dançando.

O entregador novamente era tio Yeonghui. Quando ele deu o recibo para Jieun assinar, ela reparou nos relógios que ele usava, um em cada pulso, como antes. Yeonghui pegou o recibo de volta, verificou o relógio digital e anotou o horário.

Ao entregar a encomenda para Jieun, Yeonghui hesitou, como se quisesse dizer alguma coisa. Por fim, ele se decidiu. Tirou o chapéu, o segurou debaixo do braço, então pegou um pedaço de papel dobrado duas vezes no bolso interno do paletó. Com a cabeça baixa, ele desdobrou o papel desgastado e o mostrou a Jieun.

— Eu... por acaso, me entregaram este papel um tempo atrás e eu o guardei. Esse lugar... é aqui?

Tiramos as manchas do seu coração
e apagamos suas lembranças mais tristes.

Para que você possa ser feliz,
até engomamos seu coração amassado
e eliminamos manchas difíceis.

Removemos qualquer tipo de mancha.
Venha para a Lavanderia dos Corações!

- Sra. Baek -

Jieun deu uma lida nas palavras escritas no papel amassado e assentiu. O papel estava quase caindo aos pedaços, rasgado no meio como se tivesse sido dobrado e desdobrado inúmeras vezes, além de ter sido colado mal e porcamente com fita adesiva. Que sentimentos o teriam feito carregar aquele papel por aí, tão próximo ao coração? Havia sobrado uma dose do chá de consolação, que Jieun pretendia tomar quando fechasse a lavanderia. Mas ali estava uma pessoa que precisava dele.

— É aqui mesmo. Eu fiz este panfleto na época em que abri a Lavanderia dos Corações, já faz muito tempo. Esta foi sua última entrega por hoje, não? Entre um pouquinho para tomar alguma coisa.

— Ah... Fiz entregas demais hoje, devo estar todo suado e fedido...

— Não tem problema. Afinal, aqui é uma lavanderia. Tudo vai se resolver. Venha, entre.

Yeonghui hesitou, coçando a cabeça. Ele queria entrar, mas a expressão de incômodo em seu rosto era óbvia. Jieun abriu a porta, gesticulou para que ele a seguisse e entrou no estabelecimento primeiro. O papel dela era abrir a porta e convidá-lo a entrar, mas ter a coragem de passar da soleira da porta era responsabilidade dele. Jieun soltou um longo suspiro e mandou um sinal para que as pétalas voltassem do céu com a brisa do mar. E mesmo as vendo circundarem os arredores da lavanderia, Yeonghui não ficou assustado. Na verdade, ele já as tinha visto, muito tempo antes.

No dia em que a Lavanderia dos Corações floresceu, Yeonghui também testemunhara o espetáculo da construção sendo erigida. Ele tinha terminado as entregas e cochilava no carro. Quando acordou, não conseguiu acreditar na cena que se desenrolava bem à sua frente, e esfregou os olhos várias vezes. Também viu Jaeha e Yeonhee espiarem o interior da lavanderia e entrarem.

Desde então, Yeonghui carregava no bolso aquele panfleto, que tinha voado até a janela do caminhão de entregas. Com o passar das estações, ele foi observando Jieun e os visitantes que entravam e saíam da lavanderia. Ele tinha ficado com muito medo, sim, mas achava impossível algum desconhecido naquela vila estar sendo gentil com os outros sem motivo. Se algo de ruim estivesse acontecendo na Lavanderia dos Corações sob o pretexto de boas intenções, ele iria correndo prestar socorro. Toda vez que ia fazer uma entrega, ele registrava o movimento da lavanderia.

No entanto, conforme o tempo foi passando, ele notou que toda vez que alguém saía da lavanderia, era sempre com um sorriso calmo no rosto. Algumas pessoas saíam de lá com os olhos marejados, outras, suspirando, mas todas pareciam revigoradas e sentindo certo alívio.

As suspeitas de Yeonghui estavam relacionadas à dona do local. Todo entardecer, a mulher chorava enquanto assistia ao pôr do sol, e ele notou que até suas lágrimas se assemelhavam a pétalas de flores. Ela não parecia ser o tipo de pessoa que machucaria alguém.

Yeonghui mordeu o lábio inferior com força. Uma expressão determinada estampava seu rosto.

— Se é para ter sorte em algum momento na vida, melhor ser agora... — murmurou baixinho enquanto ia até o pé da escada de madeira e limpava os sapatos.

Com o chapéu nas mãos, ele olhou o relógio. O horário acabava de mudar de 19h07 para 19h08.

— Sete horas e oito minutos...

Gotas de chuva começaram a cair sobre o relógio e logo se tornaram um pé-d'água.

Yeonghui ficou espantado com a força da chuva. Como num reflexo, subiu os sete degraus da escada de madeira em longas passadas para se proteger debaixo do beiral cheio de flores. Abrir portas sempre era uma coisa difícil para Yeonghui. Ele havia escolhido trabalhar com entregas exatamente porque a função não requeria que fizesse aquilo — poderia escolher entre esperar os destinatários abrirem para ele ou deixar os pacotes na frente da porta. A ação de pegar na maçaneta e abrir a porta... podia não ser nada de mais para algumas pessoas, mas, para outras, demandava todo um preparo mental.

Ele acenou com a cabeça na direção das folhas das árvores que balançavam com a chuvarada, olhou o relógio outra vez e, às 19h11, entrou na lavanderia. Três minutos: o tempo que levava para fazer um macarrão instantâneo gostoso, ou para sintetizar trinta anos de uma vida. O relógio dele havia parado e agora começava a tiquetaquear em seu peito.

Parecia que ia explodir. Ou o relógio, ou o peito dele.

Oito e cinquenta e cinco da manhã. Yeonghui estava parado na frente da porta, com a mochila nas costas, olhando para o relógio, impaciente. Roía as unhas, inquieto, e, assim que o relógio marcou nove horas, não teve escolha a não ser abrir a porta e entrar. Aquela porta não podia se abrir sozinha? Ou ficar fechada para sempre?

— Kim Yeonghui, isto são horas? Todos os dias você chega atrasado, moleque! Vai para aquele canto, coloca os braços para cima e fica lá de castigo!

As costas de Yeonghui suavam a ponto de molhar o uniforme. Ele ergueu os braços, conforme a bronca do professor. Ficar com os braços erguidos, correr ao redor da quadra e limpar os banheiros eram castigos com os quais o "atrasildo" Yeonghui estava acostumado na escola, que ficava a uma caminhada de dez minutos de casa. A casa onde ele morava com o pai professor universitário, a mãe advogada e o irmão mais velho, Yeongsoo, que era um aluno exemplar.

Para a família sempre tão ocupada, ser pontual era uma questão muito importante. Depois que todos os familiares saíam, Yeonghui colocava seu sanduíche em cima da mesa da cozinha e o comia devagar.

A diarista chegava às dez em ponto e fazia a faxina, lavava as roupas e preparava as refeições até as duas da tarde. Às duas e dez em ponto, depois de anotar os serviços que tinha feito no dia, ela ia embora. Às vezes, Yeonghui corria de volta para casa naquele horário.

— O seu irmão é o melhor aluno desta vila, seu pai é professor universitário, sua mãe é advogada, e você chega todo dia atrasado desse jeito?! Se você fosse metade do que seu irmão é... caramba... tsc, tsc. Entra! — ralhou o professor.

Yeonghui estava parado com os braços para cima, a expressão vazia. Seu irmão mais velho havia feito o ensino fundamental na mesma escola e tinha ficado famoso na vila por sua dedicação aos estudos. Os meninos que estavam com os braços erguidos ao seu lado o encaravam como se ele fosse uma presa. Ao perceber o olhar deles, Yeonghui se dirigiu ao professor.

— Eu... professor... eu posso ir limpar os banheiros...

— Que limpar banheiro o quê! Pode ir pra aula! Vocês dois aí, vão logo limpar o banheiro do primeiro andar! E não se atrasem, pivetes!

O professor tinha receio de que os pais do menino, que presidiam o Comitê de Gestão Escolar, descobrissem, caso mandasse Yeonghui limpar os banheiros. Era melhor deixar por aquilo mesmo... Assim, Yeonghui seguiu a passos lentos para a sala de aula do segundo andar e, ao observar o interior do ambiente por uma fresta na porta, viu que a primeira aula ainda transcorria a todo vapor. Ele teria que abrir a porta. Fechou os olhos com força e fez o movimento.

A atmosfera da sala estava gélida. Yeonghui abaixou a cabeça num cumprimento ao professor que ministrava a aula e se sentou em seu lugar. E aí começava. *Por favor, por favor, por favor...* Até o sinal do fim da aula tocar, o som dos ponteiros dos minutos e dos segundos era como o de um coração batendo forte.

Triiiiiim!

O sinal tocou, anunciando o intervalo. O professor pegou o livro e saiu da sala, e o barulho alto dos ponteiros do relógio também parou. Os meninos de antes se colocaram na frente de Yeonghui, que mantinha os olhos fechados.

— Aí, eu não mandei você chegar cedo hoje para limpar os nossos lugares? Tô falando sozinho, por acaso?

Yeonghui não conseguiu levantar a cabeça. Seguiu com os olhos bem fechados, agarrado à mochila. *Preciso fugir, preciso fugir...* Enquanto ele gritava internamente, um líquido branco começou a escorrer do topo de sua cabeça. Tinha um cheiro azedo. Pelo menos, naquele dia, era branco.

— Opa, minha mão escorregou... Foi mal. Bom, agora você bebe isso.

Quem havia derramado o leite azedo sobre sua cabeça tinha sido Jinsoo, e ele agora abria a boca de Yeonghui e despejava o leite.

— *Cof, cof*, pa... para com isso...

— O que foi, hein, imbecil? Acha que pode me dizer o que eu posso ou não fazer? Seu babaca idiota. Tirem ele daqui!

— Foi... foi sem querer... me... me desculpa.

— Ah, agora pede desculpa, é? Então por que fez essa idiotice? Se vai chorar, melhor chamar o papai e a mamãe.

Jinsoo foi arrastando Yeonghui, aos prantos. Os colegas de classe nem se atreveram a tentar impedir o garoto — ele era o maior valentão de toda a escola, e, por mais que Yeonghui olhasse desesperado para todos, os alunos evitavam seu olhar, por conta dos berros de Jinsoo. Afinal, uma vez, um colega de classe havia chamado o professor responsável pela turma para lidar com uma situação em sala, e o valentão acabou espancado o aluno. Yeonghui fechou os olhos, resignado. Era questão de tempo. Só precisava aguentar aquilo até a aula começar, e aí Jinsoo pararia. Só precisava aguentar aquilo mais um pouquinho, e aí, depois... tudo iria... será que iria acabar mesmo?

Triiiiiim! Triiiiiim!

Naquela hora, o sinal tocou, anunciando o fim do intervalo, e Jinsoo e a gangue voltaram para os seus lugares.

Só então os ponteiros dos minutos e dos segundos recomeçaram a correr. A sensação foi de que aqueles dez minutos haviam durado uma eternidade. Os longos dez minutos passaram, e, cinquenta minutos depois, a eternidade chegaria outra vez. Yeonghui não quis mostrar que havia apanhado, então pegou o livro da aula, enterrou-se na carteira, abaixou a cabeça e ficou alternando o olhar entre o relógio e a porta. Ele queria fugir. *Quero abrir a porta antes do próximo intervalo. Antes que eles me cerquem de novo. Quero abrir a porta e ir embora. É a única coisa que eu quero, e é tão difícil...*

— Que chuva repentina… Suas roupas molharam? Pode se secar com esta toalha.

Jieun entregou uma toalha para Yeonghui, que permanecia parado e de olhos fechados após entrar na lavanderia. Ela sentia a dor estampada no rosto dele, ancorada na lembrança em que estava mergulhado. Algumas pessoas precisavam de mais do que só uma limpeza, e ele era uma delas. *Se eu pudesse, daria um abraço no coração dele*, pensou Jieun. Decifrando aquele desejo dela, as pétalas escaparam da barra de sua saia e levaram uma camiseta branca até Yeonghui. Ele abriu os olhos, a expressão contraída relaxando conforme a brisa floral passava à sua frente. Olhou o relógio, como de costume, e, depois de verificar o horário, observou brevemente as pétalas antes de encarar Jieun.

— Desculpe o incômodo… e obrigado…

Ele se curvou para a frente, em demonstração de respeito, se secou com a toalha que Jieun oferecera e aceitou a camiseta entregue pelas pétalas. Balançou a cabeça para espantar o pensamento que lhe havia ocorrido. Lembrava-se do que acontecera trinta anos antes como se fosse ontem. Foi para se livrar dessa lembrança dolorosa que ele havia fugido para aquela vila distante, mas, apesar de haver já muitos anos desde aquilo, as lembranças de quando sofria nas mãos de Jinsoo e sua gangue não desapareciam. Ter a memória meio ruim não afeta a vida de ninguém, mas ter boa memória nesse nível chega a assombrar e distorcer o coração. Ele queria fugir. Simplesmente fugir, de qualquer maneira que fosse.

— Sente aqui e tome um pouco de chá. Sobrou o suficiente para exatamente uma caneca, então é para o senhor.

Jieun encheu uma caneca com o chá de consolação e a ofereceu a ele. Para evitar que Yeonghui se recusasse a tomar a bebida, ela escolhera de propósito uma caneca de aparência rústica e confortável.

Com a garganta seca, ele tomou o chá morno em uma golada só. Nada serviria de consolo pleno para um coração ferido, mas Jieun ficava aliviada de poder oferecer o chá de consolação para as pessoas. E Yeonghui tinha um cheiro, um aroma de folhas secas, que lhe era familiar. Por quê?

— Eu… para dizer a verdade, já faz um tempo que venho observando a Lavanderia dos Corações — revelou Yeonghui, como se tivesse lido os pensamentos de Jieun. — Não por nada de ruim. É só que, depois de ver algo tão inacreditável assim surgir, fiquei pensando se alguma coisa estranha estaria acontecendo na vila.

Pelo visto, o chá fizera efeito. Era evidente que a desconfiança dele havia diminuído, e as pétalas pararam de rodopiar e voltaram para a estampa do vestido de Jieun.

— Eu sentia que sempre tinha alguém me observando — comentou ela. — Era o senhor, aquele cheiro de folhas secas. Sabia que não era um olhar maldoso, mas fiquei esperando. Achei que quem quer que fosse apareceria em algum momento. Esta lavanderia é fascinante, não é?

Jieun deu um meio-sorriso, os olhos com um brilho travesso. Talvez por ter conhecido muita gente naquele lugar, nos últimos tempos estava muito falante e brincalhona. Mas é claro que ninguém sabia que ela estava brincando.

— Ah… é, sim. Então você percebeu que eu estava espiando. Peço desculpas se deixei você desconfortável.

— Desculpas aceitas. Está tudo bem.

— Hum… Por acaso é possível também limpar uma mancha que está há muito tempo no coração?

— Até o momento, foi possível. Coloque a camiseta que as pétalas trouxeram agorinha e suba para a área da lavanderia no segundo andar. Se fechar os olhos e pensar na lembrança que gostaria de limpar, a mancha vai se espalhar pela camiseta. Se lavá-la, a mancha vai sair do seu coração. Mas o senhor já sabe disso, né?

— Sei. E depois penduro no varal do terraço... Só que tem uma coisa que eu não entendi.

— Pois não. Diga.

— Para onde vão as roupas secas penduradas no varal? Elas também se tornam pétalas?

Era incomum, mas lá estava ele, despejando várias perguntas. Por mais estranho que fosse, aquele homem, tão acostumado a viver de boca bem fechada, reunia uma coragem que parecia vir em ondas. O que estava acontecendo?

— Essa camiseta que o senhor está segurando secou no terraço. As pétalas não saem das roupas secas. As pétalas que todos os dias voam até o sol poente são as feridas que vêm das manchas no coração das pessoas. Aquelas que ficam bem secas e se transformam em flores eu mando para o sol. Quando os raios solares as queimam, elas se tornam luz e, à noite, podem virar estrelas.

— Isso não faz sentido. As feridas... como é que podem se tornar pétalas e luzes?

— Esta é uma lavanderia de corações, aqui faz sentido acontecer o que não faz sentido.

— Mas... Acho que não dá para transformar minhas feridas em pétalas.

— Tudo bem. Todo mundo acha que as próprias feridas são as piores de todas. Elas doem tanto que as pessoas vivem com elas guardadas a sete chaves no coração, sem conseguir se livrar desses machucados, pois não têm coragem de se curar, nem de tratá-los. Nas feridas físicas, o sangue seca e cicatrizes podem até se formar, mas as feridas do coração nunca cicatrizam direito, não é? Se você se machucar fisicamente de novo, a dor será maior, mas um coração que tem feridas abertas e está sempre sendo ferido vive em uma dor constante, não?

— É verdade... Dói mesmo...

Yeonghui observava as roupas com um olhar vazio. Ele tirou o paletó e o colocou sobre uma cadeira, vestiu a camiseta branca e olhou o relógio. Oito e cinquenta e cinco da noite. O tempo passou tão rápido, e ele nem tinha se dado conta...

Yeonghui olhou espantado para Jieun.

— Faz muito tempo que estou aqui. Não estou incomodando?

— Faz tempo, sim. Mas, comparado ao tempo das manchas que o senhor tem, não é tanto tempo assim. Está tudo bem.

Jieun havia decifrado o coração dele. Quando ela cruzou os braços e abriu um sorriso largo, as pétalas se agruparam aos pés de Yeonghui e, como o bater das asas de uma borboleta, se agitaram e subiram para o segundo andar. Elas pareciam dar as boas-vindas a ele, que deu um passo para segui-las.

Um passo. Mais um. Nos passos dele cabiam toda a sua vida. Ele não conseguia acreditar que havia criado coragem para tomar uma decisão tão importante só com uns goles de chá e algumas palavras. Inspirou fundo e seguiu em frente, firme. Um passo, mais um, e subiu até a área da lavanderia. Aos poucos, as manchas foram se espalhando pela camiseta.

Já passava das nove e cinco da noite.

Quando a porta se abriu, Yeonghui subiu as escadas e ficou de olhos fechados por um instante. Ele respirou fundo e, assim que entrou na área da lavanderia, teve a impressão de ver o sol brilhar. Impossível! Estava de noite, era um local fechado e, mesmo assim, ele sentia a luz do sol.

Yeonghui passara um bom tempo observando o local. Era mais aconchegante e acolhedor por dentro do que se percebia vendo de fora. As aparências sempre enganam, de uma forma ou de outra. Talvez o que determine a diferença entre o que se vê de uma coisa e o que de fato ela é em seu cerne sejam o pensamento e a perspectiva individuais. Pois cada um enxerga o que deseja enxergar, escuta o que deseja escutar, sente o que deseja sentir. Além disso, todos mostram aquilo que desejam mostrar, assim como expressam aquilo que desejam que os outros entendam.

Do lado de fora, a chuvarada continuava com força.

— Na previsão do tempo hoje de manhã, deram um alerta de chuva forte. A chance de precipitação estava em trinta por cento, então não me importei muito e saí de casa. E olha a chuva aí...

— Pois é. Imagino que você confira a previsão do tempo todos os dias.

— Bem, sim, por causa das entregas. Eu adoraria que também existisse uma previsão do tempo para a nossa vida. Receber um alerta de que haveria uma tempestade por alguns dias, mas que na semana seguinte faria sol, e que amanhã o céu ficaria nublado, mas não iria chover. Não seria bom saber que os dias nem quentes nem frios continuariam por algum tempo, bastando a gente perseverar?

— É mesmo, seria ótimo.

Yeonghui falava em voz baixa, observando a chuva cair. Aprisionado no coração dele, havia um ardente botão de flor que parecia se agitar e incendiá-lo por dentro. Sempre que o fogo subia, ele costumava engoli-lo de volta. Mas, naquele dia, o fogo saíra junto com as palavras. Se desse para ver as frases saindo, elas muito provavelmente estariam da cor do fogo. Jieun fingiu não ver aquele retrato distorcido de um coração vermelho.

Num movimento vacilante, Yeonghui foi se sentar à mesa às costas de Jieun, que estava parada de frente para a máquina de lavar.

— Às vezes, a vida é mais difícil que a morte.

Jieun virou-se ao ouvir aquilo. Yeonghui estava certo. A vida é mais difícil que a morte, de fato. Dizem que para viver é preciso ter coragem de morrer, mas, apesar de já ter vivido muito, Jieun nunca enfrentara realmente a morte, então não tinha como dizer o grau de bravura que se exigia. Quanta coragem seria necessária para viver, ou melhor, para viver feliz? Ela assentiu, compreendendo todo o esforço de Yeonghui, que vinha suportando a vida por tanto tempo. Às vezes, um aceno de cabeça ou um olhar diziam mais que mil palavras. Jieun aqueceu o coração de Yeonghui com aquele aceno.

— É verdade. Não nos damos conta de quanta força ou quanta coragem é necessária para viver. A vida é feita de incertezas, então é normal se sentir sobrecarregado. Também me sinto assim.

— Moça, como é ser alguém que tem tudo, além de ser linda?

— Eu pareço ser alguém que tem tudo?

— Parece.

— Bem, agradeço por me ver dessa forma. Posso ter tido tudo, assim como também posso não ter tido nada, não é? Mas o senhor acha que ter alguma coisa na vida é que nos faz feliz?

— Ah... Não sei direito.

— Não acho que a força para viver esteja ligada a ter ou não alguma coisa. A não ser que seja ter "a força para me recuperar da tristeza" ou "a energia para celebrar que aguentei mais um dia".

— Seria tão bom se existisse algum feitiço para poder ter essa força...

— Nossa! Por que não pensei nisso? Será que pesquiso algum feitiço, então?

Jieun arregalou os olhos de forma exagerada, de propósito, e levou a mão à boca. A expressão brincalhona no rosto dela conseguiu aliviar a tensão que ainda restava em Yeonghui. A mancha na camiseta dele se espalhava e engrossava.

Ao olhar para a camiseta branca toda manchada, Yeonghui falou:

— O nome do meu irmão mais velho é Yeongsoo. Meus pais esperavam que o segundo filho deles fosse uma menina, então, para combinar, escolheram o nome Yeonghui. Eu já quebrava as expectativas dos meus pais desde que nasci. Minha mãe e meu pai encheram meu irmão do bom e do melhor, e para mim ficou o resto. Eu não era bom aluno e era um excluído na época da escola. Apanhava dos meus colegas, mas não podia nem falar disso em casa, por medo de decepcionar meus pais. Pensava que eles me achariam um frouxo comparado ao meu irmão e teriam vergonha de mim. Parecia que todo dia era uma luta…

Aquela tristeza era tão profunda que ele nem conseguia chorar. Segurando as lágrimas, Yeonghui continuou a falar sobre o passado com muita calma.

— Eu precisava aguentar até o ensino médio, mas não consegui. Meus pais não queriam que eu largasse o colégio, mas, se continuasse estudando naquela escola, eu ia matar aqueles garotos. Abandonei os estudos e, no dia que fiz o exame de certificação para pegar o diploma do ensino médio, me lembrei da cena de um livro que li. Nela, a personagem chegava numa estação de trem qualquer e dizia "quero uma passagem para o primeiro trem que tiver disponível". Achei tão direto… Então, peguei minhas coisas, fui até a estação e fiz igual ao livro. E vim parar aqui, na Vila dos Cravos. Quando cheguei, eu não conhecia ninguém. Foi a maior paz. Não precisava ir à escola, e aqueles garotos que me enchiam o saco não estavam aqui. Meus pais queriam me obrigar a voltar e ficaram irritados comigo, até mandaram algumas pessoas virem me buscar, mas me recusei a ir.

Enquanto escutava a história, Jieun girou a mão direita uma vez para diminuir a intensidade da luz, assim ele poderia se sentir mais confortável para falar. Yeonghui se sentiu aliviado por estar diante de alguém que o escutava em silêncio.

— Por uns seis meses… eu caminhava pela praia e pela vila todos os dias — continuou. — Acordava e saía pra caminhar, descansava um pouquinho quando o sol se punha, e aí voltava a andar. De tanto fazer isso, memorizei as ruas da vila. E numa dessas caminhadas, vi um anúncio procurando alguém para fazer entregas. Desde então, trabalho aqui como entregador.

— Não foi difícil?

— Para o meu corpo, sim. Mas quando passei a fazer as entregas e as pessoas começaram a me agradecer, senti que estava me tornando útil, diferente de antes. Na escola, eu vivia apanhando dos meus colegas, e em casa eu era o caçula trouxa, sempre comparado ao filho mais velho. É assim que tenho vivido até hoje nesta vila, fazendo as entregas e sobrevivendo a cada dia. Por causa disso, também pude conhecer pessoas como você.

— E qual mancha o senhor deseja limpar?

— Pensei nisso por um bom tempo. Sabe, acho que quando vim pra cá e reconheceram alguma utilidade em mim, comecei a me sentir uma pessoa melhor. Mas não sei por que eu dependia desse reconhecimento dos outros para me achar útil. Não é culpa minha se eu não sou tão conceituado quanto a minha família... Apesar de apanhar dos meus colegas, eu não tinha coragem de falar sobre isso, de expor essa injustiça. Eu achava que estava apanhando porque era pior que os outros, que passava por tanta coisa ruim porque não era bom o suficiente. O tanto que eu me culpava por tudo que acontecia comigo, todas as vezes que ficava aliviado só de ser reconhecido por alguém, a obsessão que tenho com as horas por causa da minha família... Quero apagar tudo isso.

— Então é por isso que o senhor está sempre olhando o relógio... O senhor sofreu muito esse tempo todo.

— ... Agora eu posso tirar esta camiseta e colocar dentro da máquina?

Ao terminar seu desabafo, com uma expressão tranquila, Yeonghui tirou a camiseta manchada e a sacudiu. Jieun girou a mão direita duas vezes, e, no mesmo instante, as pétalas vermelhas se iluminaram e tiraram a camiseta das mãos dele com delicadeza, levando-a até a máquina de lavar e se juntando a ela lá dentro. A peça manchada foi lavada junto com as pétalas. Se existisse um momento certo para lavar a alma, seria aquele. Yeonghui olhava boquiaberto aquela cena espetacular.

— Tio Yeonghui — disse Jieun, em voz baixa —, o senhor precisou de muita força para resistir, tanto no passado quanto hoje em dia. Mas, amanhã, em vez de apenas tentar suportar o dia, sorria, mesmo que de leve. E depois de amanhã, em vez de apenas tentar aguentar tudo, aproveite o dia, nem que seja só um pouquinho. Se ficar só aguentando e resistindo, o senhor até vai sobreviver, mas, lá na frente, só se lembrará de tudo que precisou suportar e superar.

O coração de Yeonghui, endurecido pelo tempo que havia passado em modo de sobrevivência, estava sendo aquecido. Nem todas as lembranças dele envolviam momentos de sobrevivência, mas as mais vívidas acabavam sendo as desse tipo. Ele fez que sim com a cabeça e fechou os olhos. Conforme a máquina de lavar trabalhava, a paz ia se espalhando por seu coração.

De repente, ele sentiu um peso no pulso e parou para pensar. Desde que tinha chegado ao segundo andar, não olhara o relógio uma única vez. Ele girou o acessório do braço esquerdo e massageou o pulso. Observou o relógio por um breve momento, antes de tirá-lo e guardá-lo no bolso da calça. Havia uma marca branca onde ele estivera, e Yeonghui massageou o pulso vazio, pensando se algum dia o espaço ocupado pelo relógio ficaria da mesma cor da pele ao redor. Com o passar do tempo, certamente.

Jieun fingiu não perceber que Yeonghui havia tirado o relógio e começou a desenhar círculos com o dedo. Os dois ficaram vendo a máquina de lavar girando.

— Apesar de eu não ser inteligente e excepcional como meus pais ou meu irmão, eu queria viver a minha verdade — disse Yeonghui. — Eu odiava perder um minuto, um segundo sequer, por isso andava com um relógio em cada pulso. Se um relógio atrasasse, eu ainda teria o outro e estaria sempre no horário. Para que nenhuma entrega chegasse atrasada quando começasse a trabalhar, e para eu poder ajudar as pessoas da vila quando sobrasse tempo. Eu nunca tinha pensado no peso desses relógios, mas hoje estou sentindo algo estranho.

Yeonghui segurava o pulso vazio. Enquanto Jieun pensava no que dizer, as pétalas pairaram sobre o lugar onde o relógio estivera. Observando-as fazerem cócegas em seu pulso enquanto passavam ali, Yeonghui abriu um largo sorriso. E logo a marca branca do relógio desapareceu. Ele olhou espantado para Jieun, que sorriu.

— Sabe de uma coisa? Se tivermos dez lembranças, uma única lembrança boa se sobrepõe às nove ruins. Por isso é importante termos mais lembranças boas. E se a gente tentar manter as lembranças ruins no fundo da mente e colocar novas lembranças boas em cima? Torço muito para que o senhor consiga transformar a lembrança de hoje em algo enorme que cubra as outras lembranças ruins.

Neste instante, a máquina de lavar parou de bater seu círculo vermelho. Assim que a porta se abriu, as pétalas levaram a camiseta úmida até as mãos de Yeonghui. Estava limpinha — todas as manchas tinham saído. Pela primeira vez em muito tempo, Yeonghui experimentou uma sensação revigorante de liberdade e abriu outro sorriso enorme. *Ah, foi para isso que eu vim parar nesta vila!*

Yeonghui ergueu a camiseta úmida até o rosto, os ombros chacoalhando com os soluços. Jieun saiu da área da lavanderia em silêncio, permitindo que ele tivesse um momento sozinho para lamentar a tristeza que restava.

Havia algumas nuvens na sua vida, mas dali a pouco o sol sairia e o dia ficaria perfeito para dar uma volta.

Jieun desceu até o primeiro andar pensando se deveria fazer a previsão do tempo da vida do tio Yeonghui para as próximas semanas. Ela pegou um bloquinho, escreveu a previsão para o dia seguinte e colocou o papel dentro do bolso do paletó dele. Às vezes, o que não precisa de magia acaba se tornando mágico.

Para despertar a magia da vida, é necessário ter coragem para abrir certas portas. Às vezes, por mais que a gente bata ou empurre com toda a força, a porta segue fechada, trancada. Às vezes, parece que perdemos a chave dela.

— E se a chave estiver dentro do nosso bolso? — murmurou Jieun para as pétalas que flutuavam baixo atrás de si.

Quando vamos poder tirar essa chave de dentro do bolso? Quando vamos ter coragem de empurrar a porta que precisamos abrir?

De repente, a chuva que caía com força diminuiu.

Jieun acordou bem cedinho — algo que ela não fazia havia muito tempo — e ligou o rádio. Abriu a janela. Na brisa salgada do mar, o ar gelado chegou até ela com força. A estação estava mudando.

Ela inspirou fundo e cantarolou junto com a música que tocava. Quando a canção terminou, foi anunciado o programa de histórias dos ouvintes, que ela adorava. Jieun prestou atenção assim que começou a vinheta e a voz familiar do locutor introduziu o primeiro relato.

— Olá, sou ouvinte da rádio e essa é a primeira vez que mando uma mensagem. Eu trabalho com entregas e estou começando a escrever poesia. Como escrevo no caminhão, entre uma e outra entrega, penso muito na vida. Passei por momentos difíceis por conta de uma ferida antiga, mas, como num passe de mágica, tive a oportunidade de limpar as manchas que carreguei por décadas. Decidir me livrar dessa ferida não trouxe grandes mudanças para a minha vida, mas levantar todos os dias de manhã ficou mais fácil. Antes, parecia que eu estava em modo de sobrevivência, e agora sinto que estou vivendo de fato. Talvez essa tenha sido a maior mudança que aconteceu. Durante todo o tempo em que convivi com essa ferida, sentia que estava num verdadeiro inferno — confessou o ouvinte. — Sabe, às vezes, ficamos tristes e de coração partido ao escutar sobre as dores dos outros. Ou nos esforçamos para manter alguns vínculos, mas somos criticados. E, claro, também podemos nós mesmos acabar machucando as pessoas. Mas, depois que meu coração passou por essa experiência mágica, percebi uma coisa. Se alguém criticar ou xingar você, simplesmente não aceite. Assim como é possível se recusar a receber uma entrega, ou mandar devolvê-la, o mesmo pode ser feito com esses insultos ou sentimentos ruins. Se eu entregar uma mercadoria, mas ela não for aceita, então não pertencerá a quem eu entreguei. Se alguém não gosta de mim ou até mesmo me odeia, quando eu receber esse sentimento, não vou transformá-lo em ferida, mas, sim, recusá-lo. Se não ficar com esse ódio, crio uma situação em que essa ferida não me pertence. Não tire a paz do seu coração. Recuse o ódio e deixe-o ir. Vai dar tudo certo.

— Vocês acompanharam esta manhã a linda história "Minha resolução para ser feliz hoje", enviada pelo entregador Kim Yeonghui — retomou o locutor. — Que belas palavras! Também preciso colocar em prática esse negócio de recusar ou devolver o desrespeito e as grosserias que os outros me falam. Também estou querendo experimentar essa mágica no meu coração, hein? A música escolhida para essa história foi uma do Michael Jackson, "You Are Not Alone". Pessoal, vocês não estão sozinhos! Tenham todos uma ótima manhã!

— Ah, tio Yeonghui! — disse Jieun.

A voz do apresentador do programa deu lugar à música. Desde que fora à Lavanderia dos Corações, Yeonghui aparentava estar mais relaxado. E agora tinha até enviado sua história para a rádio...

Jieun sentou-se no sofá, abraçou os joelhos e abaixou a cabeça. *You are not alone, I am here with you...* Ela cantarolou junto com a música. Havia se acostumado a ficar sozinha e, quando se sentia solitária, ouvia rádio. Às vezes, quando tocava uma música boa, como era o caso naquele momento, Jieun passava o dia todo de bom humor. Ficava emocionada a ponto de chorar. *Acabei de acordar e já fiquei emocionada...* Pelo visto, a previsão para aquele dia de sua vida seria de calor e muito sol.

Quando a música terminou, Jieun levantou-se do sofá e se espreguiçou. Tirou o pijama e o colocou dentro da máquina de lavar, então despejou o sabão e ligou a máquina. Toalhas e roupas íntimas giravam junto com ele. O sabão branco borbulhava, e as peças se abraçavam e se esfregavam para se limparem. Assim como a vela queima a si mesma para poder iluminar, as roupas se esfregavam para tirar a sujeira. Há mesmo luz em toda parte do mundo. Ainda que não seja muito forte, sempre há uma luz. Jieun ficou sentada na frente da máquina de lavar por um tempo, pensando na luz.

Será que a máquina faz a mesma coisa quando lava roupas normais e quando lava as roupas para tirar as manchas do coração das pessoas? Será que vou mesmo conseguir aperfeiçoar meus dois dons nesta vida, interromper o ciclo em que estava e finalmente envelhecer e morrer? Aprendi a interromper esse fluxo natural das coisas, mas não fui capaz de aprender a restaurá-lo. Como seria bom ter minha mãe por perto numa hora dessa...

Ao lembrar-se da mãe, Jieun sentiu um aperto no peito.

— Por que meu coração anda doendo tanto ultimamente? Eu, hein...

Ela apertou o lado esquerdo do peito e respirou fundo. De olhos fechados, imaginou a angústia sendo lavada até desaparecer. *Eu não deveria estar sentindo essa angústia hoje. Sinto que um cliente importante está prestes a chegar.* Jieun focou naquele desejo com vontade, e não demorou muito para o sentimento se dissipar. Não soube dizer se a angústia havia se esvaído porque assim ela quisera, ou porque estava na hora de desaparecer mesmo.

Meu coração está um caos, é melhor ir fazer faxina. Era um hábito antigo de Jieun, faxinar quando não conseguia resolver algum problema, ou quando se sentia perdida ou pressionada. Arrumar os lençóis, jogar fora aquilo que não usava e colocar os objetos espalhados pela casa em seus devidos lugares. Abrir a janela, espanar o pó, lavar as tigelas e limpar as manchas do espelho. Enquanto lavava, arrumava e tirava o pó da casa, ela também tirava a poeira do próprio coração. Deixou a limpeza do espelho manchado por último. Precisava limpar bem para dar uma aparência melhor a si mesma.

Uma brisa fresca entrava pela janela aberta, arejando o interior abafado. Jieun foi até a geladeira, pegou o *kimbap* que a dona do Nosso Botequim havia separado para ela, colocou para esquentar no micro-ondas e foi ferver a água para o chá.

Quando Jieun era criança, sua mãe sempre estava com um cheiro forte de chá. Ela lhe dizia que beber chá era uma forma de acalmar o coração. Que tudo começava com o processo lento de prepará-lo, até o momento de saboreá-lo, e que beber chá era o mesmo que saborear o coração. Ela ficou pensando na mãe. Ao terminar de comer e de beber o chá quente em meio ao ar frio de início de inverno, estaria na hora de abrir a lavanderia.

Ao pegar o *kimbap*, após o bipe do micro-ondas, ela se recordou da voz suave da mãe enquanto tomava o chá.

"Sabia que existe um feitiço para fazer o dia ser feliz? Se abrir os olhos de manhã e desejar que o dia seja bom, então assim será. Sorria bastante, e o dia de hoje também será um dia feliz. Amo você, minha filha."

Ela sentia muita falta da mãe. Dizem que a saudade que sentimos das pessoas se transforma em estrela. Jieun olhou para o céu enquanto pensava naqueles astros, invisíveis à luz do dia, e respirou fundo. A cor daquele céu parecia a dos olhos da mãe. *Bom, vamos fazer esse desejo. Hoje será um dia feliz. Sem dúvida, será.*

— Moça da Lavanderia dos Corações, chegou entrega! — chamou tio Yeonghui com sua voz alta, parado à porta da frente.

Desde que tinha passado na lavanderia aquela primeira vez, ele começara a conversar mais com as pessoas e a olhar nos olhos delas. Antes, ele só fazia as entregas e abaixava a cabeça num cumprimento, porém agora parava para bater papo com quem encontrava.

No caderno onde ele costumava registrar as horas compulsivamente, agora escrevia poesia, e também tinha criado um blog, chamado "Entregas Matinais", onde postava seus textos. Cada post recebia uns dois comentários por dia. Ele, que antes vivia com as portas do coração fechadas e se escondia do mundo, agora avançava um passo de cada vez, com o coração à frente.

Após a limpeza da mancha em seu coração, Yeonghui sentia como se tivesse ressuscitado. Ele costumava se culpar por tudo de ruim que acontecia, era isso que constituía sua mancha. Desde que havia passado a considerar que os problemas poderiam não ser culpa dele, por conta de algum erro que cometeu, Yeonghui decidiu seguir em frente com a vida, em vez de relembrar o que passou. Apesar de as lembranças tristes terem permanecido, agora o raciocínio não era mais "se eu tivesse me esforçado mais, isso não teria acontecido" ou "isso tudo foi por erro meu".

Pela primeira vez, Yeonghui estava com o coração leve e se sentia verdadeiramente feliz. Claro, não havia muita diferença entre um dia e outro, mas ele faria aquele dia ser diferente do anterior. Bastava uma mudança de atitude.

— Olá, tio Yeonghui! Eu bem escutei sua história no rádio!

Jieun pegou o pacote e ofereceu um copo d'água para Yeonghui. Encabulado, ele coçou a cabeça, bebeu a água gelada num só gole e devolveu o copo, fazendo uma mesura.

— Que vergonha. Eu não esperava que fossem ler a história, por isso mandei... — comentou, e começou a rir.

Era a primeira vez que Jieun ouvia a risada de Yeonghui, e riu junto. O bom humor e a risada dele eram contagiantes. A atmosfera entre os dois estava pacífica e leve.

— Sabe qual é a melhor parte de escrever poesia, pra mim?
Jieun mordeu o lábio inferior ao ouvir a pergunta.
— Hum... poder expressar seus sentimentos através das palavras?
— Isso também é muito bom, claro. Mas o melhor é poder escrever de novo se eu errar. Escrevo com um lápis, então, se eu escrever alguma coisa errada, basta passar a borracha ou riscar e escrever de novo. Os vestígios ainda ficam ali, mas são um sinal do meu esforço, e isso também é muito bom.
— É verdade. Assim como as poesias no papel, na vida também podemos passar a borracha nos nossos erros ou reescrever as coisas.
— Exato. Quando eu errava, não sabia que poderia corrigir meu erro. Se eu respondesse alguma coisa errada, achava que a resposta ficaria errada para sempre. Vivia achando que só existiria uma resposta correta na vida. Agora sei que tudo bem amassar o papel e começar de novo.
— Mesmo que tenha descoberto só agora, isso é ótimo. Na verdade, eu vivi bem mais do que o esperado, mas só fui entender o que o senhor está sentindo há pouco tempo. O senhor foi mais rápido que eu, sabia?
Os dois conversavam e riam como se fossem amigos de longa data, e então uma criança apareceu, espiando por detrás de Yeonghui com o pescoço levemente esticado.
— Olá! E você, quem é? — cumprimentou Jieun.
A criança, que parecia ter uns dez anos, fixou os olhos arregalados em Jieun e se escondeu atrás de Yeonghui mais uma vez.
— É uma criança que anda me seguindo já faz uns dias. Durante o dia, enquanto faço as entregas, ela costuma ficar do meu lado. Como hoje eu tinha muitos objetos pesados para entregar, achei que ela poderia se machucar. Tudo bem se ela ficar aqui por um tempinho?
— Claro.

— Obrigado. Por mais que eu queira ficar, preciso ir, você sabe... Ah, aliás... Depois daquele dia em que vim aqui, tenho dormido bem e me sentido tão em paz... Graças a você.

— Fico contente que o senhor esteja se sentindo assim. De verdade.

Enquanto Yeonghui e Jieun conversavam, a criança escondida atrás dele esticou o pescoço e começou a espiar o interior da lavanderia. Era uma menina de bochechas redondas feito os bolinhos recheados *mandu*, de maria-chiquinha e com um vestido de renda amarelo. Jieun inclinou o corpo na direção dela, arrancou uma das flores de uma videira e lhe entregou.

— Oi, meu nome é Jieun. Quer ver uma coisa muito legal?

A garota balançou a cabeça com curiosidade e pulou na frente de Jieun. Nessa hora, Yeonghui curvou-se para se despedir e foi embora. Jieun respondeu à despedida com o olhar, então, com as mãos em concha, segurou a flor que oferecera à menina e girou os pulsos duas vezes. Com um beicinho, a criança deu um passo à frente para chegar perto de Jieun.

— Respire fundo e assopre aqui dentro duas vezes.

A garota se aproximou e assoprou, e, assim que Jieun abriu as mãos, as pétalas da flor saíram voando que nem borboletas. A menina arregalou os olhos, abriu a boca e saiu correndo atrás do cortejo de "florboletas".

Depois de passar um tempo correndo para pegar uma delas, a criança voltou para perto de Jieun, que mais uma vez juntou as mãos em concha. Quando abriu, havia um biscoito. Ela entregou à menina, que na hora o pegou e o enfiou na boca, antes de sair correndo pelo jardim da frente enquanto mastigava. Com os braços abertos livremente, parecendo um passarinho, ela voou junto das florboletas até parar de novo na frente de Jieun, que se inclinou para ficar na altura dos olhos da garota. Ao olhar nos olhos da pequena, claros e cristalinos, conseguia ver o reflexo do próprio rosto neles. Toda vez que ela batia os longos cílios, o rosto de Jieun sumia e reaparecia.

— Onde você mora?

— Eu não tenho casa.

— Não? Mas onde é que você dorme? — perguntou Jieun, fingindo surpresa.

A menina espiou em volta, como se não quisesse que ninguém a escutasse, juntou as mãos na frente da boca e sussurrou no ouvido de Jieun:

— É segredo, mas eu sou a Princesa da Lua. Por isso a minha casa é em todos os lugares.

— É muita casa, hein? Que legal. E seus pais, onde estão?

— Eu não tenho pai nem mãe.

— ...

Ao ouvir aquilo, a dona da lavanderia não soube o que dizer. A menina ficou calada, e Jieun segurou sua mão. Ela piscava os olhos claros e comia o biscoito sem a menor preocupação.

— Para falar a verdade, eu também não tenho pai nem mãe.

— Sério? A gente é igual!

— E qual é o seu nome?

— Eu não tenho nome — respondeu a criança.

Jieun olhou para ela e, de repente, lhe veio a lembrança do dia em que chegara à Vila dos Cravos e se deixara levar até o Nosso Botequim. Será que foi parar naquele lugar porque estava faminta por calor humano? A garota que não tinha pai nem mãe nem nome se tornou Jieun, que fez amizade e aprendeu a sorrir junto com os outros, a ponto de escolher viver.

— Eu também não tinha nome. Nós duas temos muito em comum, né?

— Você também não tem nome, tia? Já que você é igual a mim, vou contar mais um segredo pra você. Eu consigo criar um mundo de paz, em que ninguém se odeia. É por isso que eu vim pra cá.

Aquela criança pura havia falado com toda a sinceridade. Ela era uma princesa enviada para transformar o mundo num lugar onde não existia ódio. Ao olhar naqueles olhos claros, Jieun pensou na vila que deixara para trás tantos anos antes. Lá era assim; lá, ninguém se odiava e depois do outono vinha a primavera.

— Tive uma ótima ideia. Vossa Alteza daria a honra a esta tia aqui de escolher um nome para você?

— Hum, tudo bem!

Após o ato de bondade da menina de concordar em ser nomeada, Jieun cruzou os braços e fingiu muita concentração. Por fim, disse:

— Já que você vai criar um novo mundo, que tal "Bomi", o nome da estação em que a vida começa a desabrochar de novo?

— "Bomi"?

— Isso, como "primavera" em coreano. É a época em que despontam flores lindas, que nem você. Muito tempo atrás, na vila em que eu morava, quando as folhas secas caíam e o outono, como agora, ia embora, a primavera chegava e as flores se abriam. Depois do outono, a estação que vinha era a primavera, e depois da primavera, vinha o outono outra vez. Ninguém se odiava. E eu gostaria muito de ver esse mundo de novo. Você consegue fazer algo assim?

— "Bomi"... legal! Gostei. Eu posso criar esse mundo, sim.

Jieun e Bomi olharam uma para a outra e começaram a rir. A risada da garota era radiante como a luz do sol. As pétalas que flutuavam perto delas começaram a rodopiar com uma energia boa.

Bomi subiu saltitando as escadas perto do jardim da lavanderia. Diante da animação da menina, que subia as escadas pulando igual a um cabrito, Jieun foi atrás dela até o terraço.

Assim que chegou lá em cima, Bomi abriu os braços e saiu correndo no meio das camisetas brancas penduradas no varal. Não havia uma única nuvem no céu azul. Uma brisa calma soprava, fazendo cócegas na testa dela e secando as roupas lavadas. As pétalas ondulavam por entre as roupas, e Bomi corria atrás, tentando pegá-las e espalhando sua risada pelo terraço.

Jieun riu junto com a menina e olhou para o céu. Desistiu de tentar ajeitar o cabelo emaranhado pelo vento e respirou fundo, fechando os olhos e estendendo os braços, imersa na sensação do vento. Seu coração reprimido e sufocado estava aos poucos se abrindo.

De súbito, Jieun percebeu que não se sentia mais tão triste quanto no passado. Ela achava que nunca conseguiria alcançar a felicidade; contudo, após sua chegada à Vila dos Cravos, a alegria parecia estar a um toque de distância.

— Tia, tia, quero dar um desenho de presente para você!

Bomi abraçou a cintura de Jieun pelas costas, e, assim que ela se virou, a menina se agarrou à barra de sua saia. A dona da lavanderia absorveu a pureza daquela criança, que abraçava uma estranha sem a menor cautela. Ao ouvi-la dizer que gostaria de desenhar, Jieun girou a mão direita e transformou uma das pétalas numa canetinha. A menina soltou uma gargalhada e tirou uma camiseta branca do varal.

— Tia, posso desenhar aqui?

— Pode, sim. Quero ver o que você vai fazer.

Ela mal terminara de falar quando Bomi estendeu a camiseta no chão. Observando a menina desenhar, animada, Jieun pensou outra vez na felicidade.

Ela não tinha controle sobre os fenômenos que observava pela janela — o nascer e o pôr do sol todos os dias, a chuva de vez em quando, um vento mais forte, a chegada da lua e das estrelas, a aurora despontando. Só o que podia controlar eram os fenômenos do próprio coração. *O meu coração é meu. A felicidade sempre esteve dentro de mim.* O que acontece do lado de fora não nos pertence, mas temos influência sobre o que se dá no nosso coração.

Ao escolher ser feliz, é possível sentir paz sob a luz suave da lua, mesmo em um dia de tempestade. Se escolhermos amar, vamos amar. Se escolhermos sorrir, por mais tristeza que haja na vida, vamos sorrir. Por isso, para viver sem sofrimento neste mundo exaustivo e complicado, o segredo está...

— Tia, já terminei meu desenho. Eu fiz um mundo de paz, onde ninguém se odeia. É um presente pra você!

Jieun interrompeu o pensamento e pegou o presente de Bomi. A menina estava cheia de expectativa de que ela gostasse. No momento em que esticou a camiseta dobrada ao meio, Jieun ficou sem palavras. Por um momento, só observou o desenho, depois envolveu a garota num abraço.

— Bomi, é assim o mundo de paz que você queria? É lindo!

Após alguns instantes nos braços da proprietária da lavanderia, a menina fez que sim com a cabeça, e então escapou para ir de novo brincar com as pétalas. Jieun olhou novamente para o desenho.

Na camiseta, feito de canetinha colorida, estava um sobrado com as palavras "Lavanderia dos Corações" escritas em letras tortas em meio a flores e borboletas. Jieun havia perambulado por muito tempo à procura de seu amado lar, e agora ele estava ali, diante de seus olhos. Naquele momento, uma frase lhe veio à mente como um clarão.

— O segredo está neste exato momento, no agora.

A felicidade é uma luz que existe dentro de nós. Não é algo que brilha lá longe no céu, mas no nosso coração. Ela já está lá. Está presente aqui e agora. Não há como alterar o passado, e o futuro ainda não chegou, então é preciso se concentrar no hoje, no que estamos vivendo. Mesmo um único passo dado para a direita já estará no passado. E um passo que damos à frente estará no presente, não no futuro.

Eu passei tanto tempo remoendo o que passou e preocupada com o futuro que não prestei atenção no presente. Apesar de todas as minhas experiências e das inúmeras vezes que renasci, eu vivia imersa em arrependimento e em tristeza por ter perdido a família que eu tanto amava. Assim, nunca tinha sido feliz, até hoje. Eu fugia quando sentia algo parecido com a felicidade, por medo, porque pensava que não poderia ser feliz. Mas será que os meus pais tão queridos gostariam mesmo que eu ficasse presa ao passado, com medo de alcançar a felicidade?

Jieun agarrou-se ao desenho da Lavanderia dos Corações e desabou. Preocupadas, Bomi e as pétalas com que brincava foram até lá. Lágrimas quentes escorriam pelo rosto de Jieun, que encarava o vazio, seus olhos desfocados, parecendo petrificada.

As lágrimas silenciosas caíam como pétalas azuis, criando uma estampa na barra de sua saia. Num instante, as florboletas que revoavam próximas a Bomi se agruparam numa nuvem e desceram por cima da menina, cobrindo-a. Com o bater das asas, a criança foi aos poucos se transformando numa pétala de flor vermelha, até disparar em direção ao vestido de Jieun. Foi então que, ao tentar segurar a pétala esvoaçante, Jieun se deu conta de quem era Bomi: a garotinha de vestido amarelo e bochechas rosadas era ela própria. Suas lembranças felizes da infância, de quando brincava no jardim com a mãe, tinham vivido junto com ela, guardadas naquelas flores. *Minhas lembranças mais lindas e saudosas estiveram comigo esse tempo todo... Eu achava que estava sozinha, mas, mesmo nos dias em que não havia ninguém por perto, nunca estive só.*

Aqueles dias permaneciam no fundo do coração de Jieun, agora aos prantos. Ela abaixou a cabeça até tocar nas flores azuis e vermelhas que se misturavam no vestido e chorou de soluçar. Em meio ao choro alto, o vento parou de soprar e até as roupas que antes balançavam ficaram imóveis. E as pessoas que a amavam também pararam, na mesma hora.

Do primeiro andar, a dona do Nosso Botequim, que terminara o trabalho mais cedo, e Yeonhee, que estava de visita, se entreolharam ao ouvir o choro de Jieun.

— Será que ela está bem? — perguntou Yeonhee, preocupada. — Não é melhor subirmos? Deve ter acontecido alguma coisa!

— Não se preocupa. É coisa de momento e logo vai passar. Parece mentira, né? Mas tudo passa, dias bons ou ruins. A gente tem que chorar quando quiser, para refrescar a alma. E também tem que dar aquele sorrisão quando quiser. E aí, tudo passa. Ela tem que ir até o fim e enfrentar o medo. Só então vai poder ter um novo começo.

— Ok… Mas ela está sempre com uma cara meio triste.

— É verdade. Só que o ser humano nasceu para ser feliz, e a dona Jieun também está no caminho para encontrar a felicidade. Acredite nela. Vamos embora. Vai saber se ela não vai se incomodar se souber que a escutamos chorar…

A dona do Nosso Botequim deu dois tapinhas no ombro de Yeonhee e entrou mancando em seu estabelecimento. Precisava cozinhar mais arroz para fazer *kimbap*. Colocou bastante amor e afeto dentro da panela e a tampou, para curar qualquer tristeza. Afinal, a tristeza só passava quando a barriga estava bem quentinha.

Yeonhee virou a placa na entrada da lavanderia de ABERTO para FECHADO. Cada uma tinha seu jeito de acender o próprio coração que nem uma vela para Jieun. Depois de ter limpado a tristeza, a dor e a melancolia dos outros, ambas esperavam que Jieun, mais do que qualquer outra pessoa, encontrasse a felicidade.

A escuridão pode ser mais límpida que a claridade. Pode brilhar mais que a luz. Para lamentar a tristeza de Jieun e seu choro sofrido, até a lua havia escondido o próprio rosto, e mesmo as estrelas, que ao brilhar pareciam derramar-se numa torrente, haviam cessado seu brilho. Estava uma noite clara e limpa.

Às vezes, à noite, as conversas são mais longas que durante o dia. A tristeza de um pode ser encoberta pelo afeto de outro. Talvez as noites profundas sirvam para que a gente atenda às necessidades do nosso coração e se entregue à tristeza, e depois, quando o sol surgir e a dor for embora, a gente viva com um sorriso capaz de afastar as lágrimas… Nunca se sabe o que vai acontecer ao raiar de um novo dia, porém o que se pode é seguir com calma pela noite. Aquela era uma noite profunda, mas o afeto e o cuidado entre as pessoas eram ainda mais.

Quem sou eu? De onde vim? Para onde vou?

Ela queria acabar com toda aquela agonia. Por que sua vida tinha que ser tão angustiante? Ela queria desfazer seus erros. E achou que se aprisionar em si mesma fosse uma punição válida pela dor de ter perdido seus amados pais por conta daquele erro momentâneo.

No momento em que sentiu a alegria de uma vida comum, já estava perdida. Não podia ser feliz ainda. Queria ir em busca dos pais — mesmo que aquilo significasse atravessar o tempo e o espaço e procurar pelo mundo inteiro —, para que todo aquele sofrimento chegasse ao fim e os três pudessem ser felizes juntos. Aquela era sua única motivação, seu único objetivo. Ela vivia numa melancolia tão familiar que nem reconhecia como solidão. Ou melhor, ela acreditava que fosse familiar. Talvez pensasse que a solidão, ou o isolamento, fossem a punição que ela deveria receber.

Ela não tinha como saber que não conseguiria reencontrar os pais, mesmo depois de tanto tempo. Parecia que a vida estava de brincadeira com ela. Era uma incógnita que ela não conseguia decifrar. Agora que havia desistido, tomado a decisão de se livrar do feitiço a que tinha se vinculado e morrer, ela ria com mais frequência, conversava e compartilhava refeições com as pessoas, sentia o sopro e o cheiro do vento.

Agora que tinha experimentado a vida, a ganância havia aparecido. O coração é ardiloso. Embora soubesse que nada era eterno, ela sonhava com a eternidade. Dizem que a vida é um sonho do qual não queremos acordar, e ali, naquela Vila dos Cravos, ela vivia um doce sonho do qual não queria despertar jamais.

Mas de que tipo de vida eu gostaria de fato? Houve realmente alguma vida que eu quisesse viver, para começo de conversa? O que é que eu almejava com tanta intensidade? Vivia como se tivesse me esquecido. Fingia que tinha esquecido. E todas as noites me afundo em perguntas sem respostas.

Seu coração estava anestesiado pela dor. Devagar, ela ergueu a mão direita até o lado esquerdo do peito. Cobriu delicadamente o coração, como se o abraçasse. Ergueu o braço esquerdo e cobriu a mão direita com a esquerda, em outro abraço. Ambas as mãos abraçavam seu coração. Uma onda de pétalas vermelhas levantou voo de seu coração, logo rodeando e cobrindo tudo em volta. Do lado de fora do círculo, estavam as pétalas, e, do lado de dentro, estava ela. Ela fechou os olhos. As vozes que ouvia eram como música.

— *Se eu pudesse, tiraria meu coração inteiro, lavaria e colocaria de volta brilhando de tão limpo.*
— *É só um caso hipotético! Se todas as lembranças ruins fossem apagadas, a gente não seria feliz?*
— *Quero limpar a mancha do amor.*
— *Cheios de glamour e solidão.*
— *Não está curioso para saber por que as pétalas saíram voando das roupas?*
— *No momento em que o sol ilumina o céu ao se pôr, eu rezo para que as pessoas encontrem a paz e o bem-estar que procuram, e acendo meu coração que nem uma vela.*
— *Se uma só pessoa acreditar em alguém de verdade, esse alguém não vai conseguir viver melhor?*
— *Não vou limpar nada, mas você pode dar só uma passadinha?*
— *Eu quero limpar a vida inteira e começar tudo outra vez.*
Quais dessas frases são minhas e quais são suas?

— O dom de ter empatia com a tristeza dos outros e aliviar esse sentimento é algo muito bom, mas se ela souber que tem o dom de tornar sonhos realidade... será que não vai ficar com medo do que pode sonhar?
Ela escutou uma voz. Por mais que tentasse evocar uma imagem, porém, a visão se embaçava. Ela havia suportado uma vida de saudades, mas agora não conseguia se lembrar daquele rosto de que sentia tanta falta. Seu peito formigava e doía. Ela tombou, sem

fôlego. No mesmo instante, as pétalas que giravam por ali começaram a rodopiar muito rápido, ficando de um tom de laranja. O que raios estava acontecendo?

Ela tirou as mãos encolhidas de cima do peito. E, num piscar de olhos, as pétalas esvoaçantes foram sugadas para dentro de seu coração. Ela segurou a última, examinando-a de perto. Era um cravo. A flor que dava nome à vila.

Ela segurou a pétala com cuidado em ambas as mãos e entoou num sussurro sua linguagem das flores:

— A felicidade deve chegar... O que é felicidade...? Como se faz para ser feliz? Eu não sei, mas quero parar de remoer o passado. Quero parar de ficar perambulando pela vida e viver o presente. Quero viver este momento agora. Se eu pudesse...

E pronto. As pétalas que entraram depressa no coração dela dispararam para fora. Aquelas que tinham ficado laranja voltaram a ser pétalas vermelhas de camélia, e então, num lampejo, mudaram para a cor azul. Eram não-me-esqueças. Eram pétalas da flor não-me-esqueças, que esparramavam sua luz azul da cor do mar por todo canto e subiam para o céu. Pétalas que caíram como se fossem gotas de chuva, formando uma poça. E a poça virou um lago, que virou um oceano. E logo que se tornou uma extensão de água a perder de vista, a chuva de flores cessou. O oceano criado ficou em silêncio. Na extensão infinita acima e abaixo, permanecia a luz azul.

Aos poucos, fui caindo nos braços do oceano.
Tibum!

Ela havia esquecido como se nadava. Dessa vez não era fingimento, havia esquecido mesmo. Relaxou o corpo e estendeu os braços, e o oceano a engolfou lentamente. Era tão aconchegante que a fez se lembrar do abraço da mãe. Para onde será que estava indo? Enquanto o oceano a envolvia, ela expressou seu pensamento em linguagem das flores para as pétalas azuis que a cercavam.

Por favor, não me esqueçam.

Não... Por mais que me esqueçam, está tudo bem. Me esqueçam, por favor.

O oceano, que engolia os segredos, estava silencioso. Era como se nada estivesse acontecendo.

Eu me tornei espuma. Me tornei oceano. Me tornei céu.

... Me tornei luz azul. Me tornei pétala de flor.

Eu agora estou livre.

Pi-pi-pi-pi, pi-pi-pi-pi, pi-pi-pi-pi.

Ao toque do despertador, ela abriu os olhos. A cabeça doía e o corpo todo parecia estar queimando. Ergueu o corpo, com dificuldade para respirar. Prendeu o cabelo e voltou a fechar os olhos. Sem energia para se levantar, deitou-se de volta na cama e levou a mão à testa. A sensação era de ter atravessado um túnel da vida.

— Aquilo... foi um sonho? Era real demais para ser um sonho.

Jieun estivera nos braços do oceano. As pétalas de flor pareciam barbatanas se mexendo para ajudá-la a nadar. Fazia tempo que ela não sorria daquele jeito. Se movia livremente no oceano quando fechou os olhos. Ao abri-los, estava deitada na cama no momento presente.

— Sonhei que estava nadando com barbatanas... Por acaso sou a Ariel agora? Que coisa...

Jieun tossiu e se sentou outra vez. As roupas e o cabelo estavam encharcados — se de suor ou de água, não saberia dizer. Enquanto pensava que aquilo devia ter sido um sonho, ela pegou o termômetro auricular na gaveta ao lado da cama e o colocou no ouvido direito.

— Trinta e oito graus... será que tenho antitérmico por aqui? — murmurou para si.

Assim que se levantou para buscar remédio em sua caixinha, Jieun se sentiu zonza, cambaleando por um momento. Ela respirou fundo e se levantou de novo para ir até a cozinha. Tirou os remédios da caixa, pegou água e foi atrás do celular. Hesitou ao verificar as mensagens e ligações perdidas. Tinha ido se deitar na quarta-feira à noite, e agora era sexta. Dormira por dois dias seguidos. Havia inúmeras mensagens e ligações de Jaeha, Yeonhee e da dona do Nosso Botequim. O que tinha acontecido? Aquilo não foi um sonho?

"Não se preocupa, está tudo bem", mandou por mensagem àqueles que haviam ligado. Enquanto procurava pelo antitérmico, sentiu uma ansiedade extrema. A tontura que experimentara era a mesma de quando cruzava os limites da vida para renascer. Ela pegou o remédio e o enfiou na boca. Com as mãos trêmulas, abriu a tampa da garrafa de água mineral e bebeu metade de uma só vez.

Depois de ter conhecido Bomi, Jieun havia caído naquele sonho em que afundava no oceano profundo, e acabou em um delírio febril. Por conta da tristeza, da culpa e do remorso, ela havia se esquecido da época em que fora feliz. Contudo, ao conhecer Bomi, uma onda de lembranças alegres arrebentou e ela foi engolida por um mar de memórias. Bomi era a infância feliz de Jieun. Estivera junto com ela por todo aquele tempo, através das pétalas estampadas em seu vestido. E, da mesma forma, talvez seus pais também a tivessem acompanhado durante tudo aquilo — por meio das pétalas, das pessoas, do vento, da luz do sol, do luar.

— E se meus pais também tiverem renascido várias vezes através dos séculos enquanto procuravam por mim? Será que as pessoas que me pareceram tão familiares não eram eles, de quem senti tanta saudade? Será que não consegui reconhecê-los?

Se fosse o caso, ela não devia ter passado a vida se culpando e se sentindo triste. *As pessoas que me amam não iriam querer que eu tivesse uma vida triste e vazia. Talvez seja a hora de parar de me punir. Não seria um pecado deixar passar este momento, esse meu desejo viver?*

Ela enxugou o corpo encharcado, tanto fazia se de suor ou de água, tirou as roupas ensopadas, jogou-as no tanque e foi se lavar. Assim que abriu o chuveiro, a memória da água ficou nítida. Quando terminou o banho, se enrolou numa toalha enorme e procurou o vestido preto com flores vermelhas que usava todos os dias. Claro, no sonho as pétalas vermelhas de camélia tinham se transformado em pétalas azuis, de não-me-esqueças, mas o vestido não havia mudado nada. Tinha sido mesmo um sonho. Ainda assim, seus ombros doíam como se tivesse nadado o dia inteiro, e, com a mão esquerda, ela massageou o ombro direito. O remédio começou a fazer efeito e, aos poucos, a febre foi baixando.

— Não gosto dessa ideia de tomar remédio quando o coração está aflito. A mamãe vai preparar um chá de cacau para você, filha! Se for se deitar depois de tomar esse chá quente e docinho, amanhã sua tristeza vai ter diminuído pela metade. Quem sabe você não se sinta melhor, como num passe de mágica? Vem, meu amor.

Quando Jieun estava chateada, a mãe costumava esquentar uma caneca enorme de chá de cacau e servir com marshmallows. Mesmo com os olhos marejados e um bico enorme, assim que provava a bebida docinha, seu coração se derretia, da mesma forma que os marshmallows. Ela sempre achava que devia haver algo mágico naquele líquido doce e quentinho.

Embora não fizesse magia alguma, sua mãe era uma curandeira que ajudava a libertar a mente da filha. A saia dela sempre exalava um aroma de biscoitos, e sua nuca, um perfume de flores. Jieun sempre agarrava a saia da mãe para sentir o cheiro dos biscoitos, e, ao abraçá-la, inspirava o odor das flores. A cozinha de casa vivia abarrotada de comida, e Jieun crescera com fartura e muito amor.

No entanto, até a mãe dela, sempre risonha e calorosa, de tempos em tempos fixava o olhar no vazio e suspirava. A cada início de outono, passava alguns dias olhando pela janela com uma expressão cheia de saudade, depois ia para a cozinha. Lá, colocava vinho, laranjas, maçãs, peras e canela em pau para ferver num panelão, junto com cinco colheres do melhor mel. As frutas mais bonitas e mais saborosas que encontrava iam para aquela panela. E, enquanto o chá que a mãe fazia ia fervendo, a casa era tomada por um vapor com aroma de uva madura.

— Mamãe, eu também posso provar esse chá? — perguntou Jieun certa vez, passeando ali em volta durante o processo.

Assim que ouviu a pergunta, a mãe abriu um sorriso amoroso, mas balançou a cabeça, resoluta.

— Este é um chá feito especialmente para a mamãe, então não posso dividir. Quando você for adulta, vai poder fazer este chá especial só para você. Até lá, a mamãe vai ensinar a receita para você.

Aquele sorriso travesso que enrugava os olhos da mãe reapareceu, depois de ficar sumido por alguns dias. E, no momento em que terminou de beber todo o chá especial, ela recuperou a energia. Antes de fervê-lo, porém, o olhar dela transbordava saudade.

Parando para contar, minha mãe tinha mais ou menos a idade que tenho hoje. O pai e Jieun chamavam aquela época em que a mãe fazia o chá especial de "estação da saudade". O que a mãe teria deixado para trás quando conheceu o pai para sentir tanta saudade assim? Por que não tentava reencontrar aquilo de que tanto sentia falta? Era para simplesmente deixar que aquilo virasse saudade? A vida dos adultos... era assim mesmo?

Quando criança, Jieun levava a mão pequenina até o ombro da mãe e lhe fazia carinho. A mãe segurava aquela mão e abria um sorriso, e a filha se aninhava em seu colo. As duas ficavam abraçadas por um tempo, sentindo o calor uma da outra numa tranquilidade serena. Era melancólico, mas ela também achava lindo.

— Será que hoje eu faço um chá especial só para mim, que nem minha mãe?

O chá que Jieun tomava em casa era feito com folhas que podiam ser encontradas facilmente. Mas para o chá de consolação que oferecia às outras pessoas, ela fazia questão de deixar os ingredientes secarem um a um e de fervê-los com extremo cuidado. O chá que Jieun tomava de manhã não chegava aos pés do calor afetuoso que emanava do chá preparado com todo aquele carinho. Pensando bem, havia tempo que fazia chá de consolação para os outros, mas nunca tinha feito para si mesma.

Agora, com a mesma idade da mãe, ela podia até não ter aprendido a receita dela, mas achava que conseguiria reproduzi-la sozinha. Ela pôs o chá sobre a mesa e pegou sua xícara branca preferida.

— Hoje, o ingrediente especial do chá de consolação é... o meu desejo mais sincero de ser feliz.

O ingrediente secreto do chá que os clientes da Lavanderia dos Corações bebiam era o próprio coração de Jieun. A habilidade especial dela era colocar todo o seu coração no preparo da bebida — Jieun pensava em cada pessoa que tomaria o chá, em cada uma cujo coração seria revigorado, e assim levava consolo e calor aos visitantes.

Naquele dia, ela serviria uma boa dose do coração a si mesma. Quando a água do chá estava fervendo, Jieun foi trocar de roupa, e as pétalas de flor começaram a pairar ao redor dela. Ela fechou os olhos, levantou os braços como se desse um comando e deixou que as pétalas fluíssem para dentro da chaleira. Aquele chá não seria feito com folhas secas, mas com as pétalas de sua vida.

Se os pais estivessem por perto, ficariam muito tristes por vê-la levar uma vida apagada e tomada pelo remorso. Se, quando se reencontrassem, soubessem que a garotinha bochechuda deles tinha uma vida sem cor, murcha e fria, ficariam mais tristes do que a existência que ela vinha levando. Jieun se lembrou da versão corada e bochechuda de si mesma durante a infância. E pensou no jardim do pai, onde costumava brincar, e da cozinha da mãe, lotada de amor e risadas.

Um instante depois, ela abriu os olhos e sorriu, pegou a infusão vermelha do chá de consolação especial e a despejou devagar na xícara. Já havia esquentado a xícara branca de antemão, e foi enchendo com o líquido. Nem muito, nem pouco, mas a quantidade ideal.

Enquanto esperava a bebida esfriar um pouco, foi até a sala e abriu a janela. Na primeira vez que pisara naquela casa, tinha ido até a varanda e respirado fundo com os olhos fechados, assim como fazia naquele instante. O cheiro da cidade e do mar entravam por suas narinas. Ao abrir os olhos, Jieun apoiou a xícara na mão esquerda, firme. Então, sorriu e tomou um gole. O pôr do sol era de uma cor vermelha semelhante à da bebida na xícara.

— Hoje o céu está cheio de nuvens… Não vai dar para ver a lua.

Beber o chá de consolação feito especialmente para uma única pessoa enchia seu coração com uma alegria tão cálida quanto a bebida. *Não há muita diferença entre ontem e hoje, mas o dia de hoje está diferente do dia de ontem. A felicidade deve chegar.* Naquele exato momento, essa felicidade estava contida na xícara de chá de Jieun.

Quando ela bebeu o último gole, as pétalas na barra de sua saia começaram a fluir em um redemoinho em direção ao céu. Ao ver aquelas pétalas vermelhas que haviam sido parte de si durante tanto tempo voarem em direção ao pôr do sol escarlate, Jieun acenou em despedida. Uma nuvem desceu carregando as pétalas vermelhas e a engolfou, fazendo com que Jieun se sentisse aconchegada naquele abraço macio, parecido com o de sua mãe. E então, um, dois, três… A nuvem que a abraçava retornou a seu devido lugar. Jieun se afastou lentamente e se olhou no espelho diante da porta de casa.

Aquela nuvem poderia ter passado, mas outra ficara ali — o vestido preto que Jieun usava se transformara num vestido branco macio feito uma nuvem. Já as pétalas vermelhas foram substituídas por pétalas azuis. As pétalas tinham ido embora, mas permaneciam ali. Os lábios da pálida Jieun ficaram de um vermelho vivo. Estranho. Ela não sabia por quê, mas seu coração estava cheio de esperança.

Jieun saiu de casa em disparada, decidida a ir até a Lavanderia dos Corações. Pensou que seria perfeito se a porta da lavanderia se abrisse na mesma hora em que ela abrisse a porta de casa.

— Gente! E não é que a porta da lavanderia se abriu depois que eu abri a porta da frente?

Jieun ficou surpresa com aquele seu ato de magia e, assim que entrou, acendeu a placa na frente da lavanderia. As pessoas tinham ficado preocupadas de verem as luzes da lavanderia apagadas, então ela decidiu acender todas. Subiu os andares, abrindo as janelas, até chegar ao terraço. Dois dias antes, as roupas estendidas no varal haviam ficado imóveis, mas agora secavam ao embalo do vento.

Era isso. Assim como as roupas lavadas precisam da ação conjunta do sol e do vento para secarem por completo, é natural que o coração também precise da união entre calor e ar fresco, alegria e tristeza. É preciso aceitar o que acontece. Se for possível mudar, então que venham as mudanças; no entanto, se nada puder ser feito sobre a questão, resta apenas aceitá-la.

Jieun vivera muito tempo como se estivesse fugindo, e agora esperava ter encontrado o próprio lugar. Às vezes, sentia vontade de deixar que seu corpo balançasse, tal qual as roupas penduradas no varal. Se a chuva caísse, se o vento soprasse, ela os aceitaria. Se o sol brilhasse, ela aproveitaria o calor. *Vou balançar para lá e para cá com o sopro do vento. Vou me amar do jeitinho que sou, balançando com meus problemas, meus erros, minhas andanças. E não é exatamente esse o segredo para superar as manchas do coração?*

— Uau! Patroa Jieun, por que está de roupa branca hoje? Que lindeza! Você está radiante!

— Jieun! Pensei que estivesse doente. Fiquei tão preocupada! Por que não atendeu quando liguei?

— Ahhh, Jieun, eu fiquei tão estressado, achando que tinha dado algum problema, que mastiguei duas lulas! Achei que meus dentes fossem cair! A culpa é sua!

A dona do Nosso Botequim, Yeonhee e Jaeha tinham visto as luzes acesas na lavanderia e subiram correndo até o terraço para dar um pouco de amor e um pouco de bronca em Jieun. Ao ouvir as vozes deles, repletas de afeto, Jieun sorriu. E seu sorriso foi crescendo até se tornar uma risada. Ela levou as mãos à boca para controlar os risos e recebeu o abraço deles.

As pétalas azuis escaparam do vestido dela, cobrindo e girando em volta de todos. Era um dia comum, mas muito, muito cálido. Talvez por causa do chá especial que havia tomado. *Acho que finalmente entendi como minha mãe se sentia ao fazer o chá especial só para ela.*

— Eu... estou com fome — anunciou Jieun. — Quero comer alguma coisa.

Os três visitantes arregalaram os olhos. A primeira coisa que ela dizia era que estava com fome? A dona do bar foi depressa até o Nosso Botequim, e Jaeha e Yeonhee seguiram logo atrás, de braço dado com Jieun, cada um de um lado, para selar a paz.

— Seu vestido não tem mais flores vermelhas? — comentou Jaeha, reparando na estampa da roupa de Jieun. — Agora são azuis?

Ele arregalou os olhos de novo. Da última vez, tinha achado que as pétalas haviam mudado de cor, para azul ou roxo, então, desta vez, suspeitava que sua visão não estivesse muito boa de novo.

— Flores azuis também são bonitas — respondeu Jieun com um sorriso.

Ela se deu conta de que havia estado com aqueles dois no dia em que a lavanderia brotara. Naquele dia, a lua escondera o rosto atrás das nuvens e o mundo fora coberto por uma escuridão, feito um breu. Tinha muitas nuvens no céu. Assim como agora, no presente.

— Jieun, quando ficar doente, por favor, avise antes! Fiquei megapreocupada. Pálida do jeito que é... E ainda por cima não atendia às ligações nem aparecia na lavanderia... Pensamos que tinha acontecido o pior! — exclamou Yeonhee, emburrada, enquanto desabotoava a jaqueta preta que vestia.

Assim que terminou o expediente, tinha ido correndo até lá. Nos dois dias que Jieun havia ficado sumida, Yeonhee e Jaeha chegaram a perder o sono de tão aflitos, pensando se deveriam ir à polícia, ou mesmo se conseguiriam encontrá-la de qualquer forma.

— Batemos na porta da sua casa várias vezes! — Desta vez, o emburrado era Jaeha. — Se você não tivesse aparecido hoje, íamos chamar a polícia! Imagina pedir para o policial procurar uma mulher bonita de cabelo comprido e vestido com estampa de flor que faz bruxaria... Ele ia nos prender! Ia pensar "mas que bando de malucos"...

A expressão de Jieun era de quem pedia desculpas e, ao mesmo tempo, agradecia. Ela sentia que ali era seu lugar. Aquela é que devia ser a sensação de compartilhar a vida com alguém.

— Desculpa, eu estava um pouco doente — respondeu.

Jaeha e Yeonhee pararam com o sermão na mesma hora. Logo depois, Yeonhee, parecendo ainda mais preocupada, colocou a mão na testa de Jieun. *Essa daí é impossível! Como assim, "desculpa"?! Será que ela bateu a cabeça?*

— Jieun, tem certeza de que só estava um pouco doente? Não é grave? Por que pediu desculpas? Que esquisito! E por que trocou o vestido por essa belezinha? Você está estranha hoje. É mesmo a dona da lavanderia? Não é algum clone criado por magia, não?

— Ah, para de falar bobeira — replicou Jieun, olhando torto para Yeonhee quando ela bateu em sua testa com a mão levantada.

Só então os outros dois conseguiram relaxar.

— Ufa! Está bem. Você é você, então.

— Ora, mas que brincadeira é essa? Comam logo, antes que esfrie!

Cada um pegou uma fatia grossa do *kimbap* servido à mesa vermelha.

— Eita, mas que *kimbap* gigante é esse? É do tamanho da minha cara! Moça, não dá para morder isto aqui, não! Tem que cortar com uma faca!

— Ah, Jaeha, seu peste! Corta, morde, faz o que você quiser! Só chega de bobagem e come logo! Vou trazer um pouquinho de sopa.

Ela deu um tapa nas costas de Jaeha, sorriu para Yeonhee e Jieun e foi mancando buscar a sopa. Yeonhee se levantou para ajudar.

Os dois ainda na mesa voltaram a atenção para o *kimbap* gigante. Primeiro, Jaeha alongou os músculos da face, e só então colocou uma fatia na boca. Para Jieun, o tempero com óleo de gergelim e sal estava na medida certa. Cenoura, pepino, bardana, ovo frito, presunto, rabanete em conserva e *eomuk* cortados sem temperar harmonizavam tão bem, mas tão bem, que dava para sentir os respectivos sabores a cada mastigada. Afinal, dona Yeonja tinha *kimbap* no sangue. Como Jaeha tinha pouco apetite, ela sempre preparava *kimbap* para o filho, assim ele ingeria os nutrientes necessários. Com a boca tão cheia que as bochechas até saltavam, Jaeha pegou outra fatia e deu uma colherada na sopa, emocionado.

— Moça, este *kimbap* está uma delícia! O que que você botou nele? Fala aí, vai!

Jaeha fazia graça, fingindo estar prestes a chorar. A dona do Nosso Botequim tirou a mão de dentro do avental e sorriu. Desde que Yeonja estivera ali, não fazia muito tempo, ela mudara os ingredientes do *kimbap*. Como já era uma comida bem salgada, em vez de fritar ou picar a cenoura e o pepino bem fininhos, ela havia colocado os ingredientes em sua forma natural, conforme a sugestão de Yeonja.

— Se gostou, então coma esse, e eu faço outro. Coma à vontade!

Os três dançavam com seus palitinhos na festa do *kimbap*. Jieun pegou uma fatia do prato, separou os ingredientes e saboreou um de cada vez.

Yeonhee também abriu a boca ao máximo e a encheu com o *kimbap*. Tinha trabalhado tanto durante o dia que nem havia conseguido comer de verdade. Depois de passar o dia inteiro tensa, de salto e roupas formais, aquela refeição lhe trazia paz. Os três estavam em silêncio, concentrados na mastigação. Sentiam-se tão bem uns com os outros, mesmo sem conversar, que aquele silêncio não era desconfortável. Após comer bastante, satisfeito, Jaeha quebrou o silêncio:

— Até parecemos uma família, comendo juntos desse jeito, né?

As três mulheres se entreolharam. A atmosfera entre eles estava muito calorosa. Porém, o que era uma família?

Jieun perdera os pais e passara aquele tempo todo à procura deles. Agarrar-se a suas lembranças felizes com a mãe e o pai a havia feito suportar muitas situações difíceis sozinha. Mas, naquele exato instante, sentia a mesma paz daquela época. Por incrível que parecesse, não se sentia mais solitária. Apesar de não ter conseguido encontrar os pais, sua vida não se resumia mais a tristeza. O passado era passado, e o que restava era viver o presente. Talvez a coragem para aceitar, reconhecer e viver de fato o presente tivesse enfim chegado para ela... Jieun inclinou a cabeça e deu uma batidinha com a colher na tigela vazia de sopa.

— Ué, qual o problema de sermos uma família? — perguntou a dona do Nosso Botequim, ao levar sopa até a mesa. — Várias famílias vivem tendo problemas e se bicando, e só não cortam relação porque têm laços de sangue. Hoje em dia, em vez de se forçar a conviver com parentes difíceis, que só fazem mal, as pessoas têm se juntado com outras de quem gostam, que as acolhem e com quem têm mais coisas em comum, formando uma família de alma, como a gente. Você não concorda, Jieun?

Ela colocou a tigela na frente da proprietária da lavanderia, dando uma piscadinha. Tinha uma expressão amorosa no rosto enrugado, e Jieun abriu um enorme sorriso ao pegar a sopa. Estava quente. A sopa e o coração daquelas pessoas.

— Concordo. Todo dia nós dividimos afeto, cuidado, preocupações e refeições, então parecemos uma família, sim.

Os olhos de Yeonhee se encheram de lágrimas enquanto ela mastigava o *kimbap*. *Vocês também são uma família para mim. A família que eu sempre quis.*

— Ei, que clima é esse, de repente? O assunto está ficando sério... Bom, tenho que ligar para o Haein. Ele ficou bem preocupado, porque não conseguia achar você. Amanhã começa a exposição de fotografia dele na Galeria do Mar, então ele deve estar bem ocupado, mas fica me ligando pra saber se já te encontramos. Ele passou dois dias montando a exposição e dando voltas ao redor da lavanderia, tá?

Com a mão na barriga estufada, Jaeha pegou o celular e olhou de esguelha para Jieun. Ele já havia percebido os sentimentos de Haein por ela. Tinha visto em algum filme que há três coisas que não dá para esconder: um espirro, a pobreza e o amor. Então Jaeha ficou um pouco preocupado ao notar a maneira como Haein olhava para Jieun, logo na primeira visita do amigo à lavanderia. Isso porque achava que, mais dia menos dia, Jieun iria desaparecer. Achava que ela sumiria de uma hora para outra, da mesma forma que aparecera no primeiro dia em que haviam estado ali.

Fazia muito tempo que Haein não se preocupava e se encantava daquele jeito alguém. Apesar de aparentar ser um cara sociável, Haein era muito fechado e não abria o coração tão facilmente.

— Ah... certo... — respondeu Jieun, cutucando os ingredientes que havia separado do *kimbap* com os palitinhos.

Os sentimentos de Haein com relação a Jieun estavam claros para Jaeha, mas ele não fazia ideia de como Jieun se sentia. Ela parecia ser brava, mas era gentil. Era distante, mas amorosa. Ela era uma boa pessoa que limpava as manchas dolorosas do coração dos outros, mas também parecia ser alguém triste que não sabia como limpar as próprias manchas. Apesar de ele conseguir identificar as emoções só de fitar os olhos dos outros, os de Jieun pareciam o fundo do oceano, escuros e impenetráveis.

Yeonhee havia tirado os sapatos e massageava a panturrilha, e Jaeha levou um copo d'água para ela antes de enviar uma mensagem para Haein. Bem, ele podia não saber os detalhes mais complexos, mas queria ver os amigos felizes. Por enquanto, era Haein quem estava queimando por dentro, então era aquele incêndio que ele precisava apagar primeiro.

Assim que enviou a mensagem, Jaeha recebeu uma ligação. Era o amigo.

— Jaeha, você encontrou a Jieun? Ela está bem? Não se machucou? — soltou Haein, sem pausa para respirar.

Na mesma hora, Jaeha passou o celular para Jieun. Era a voz dela que Haein desejava ouvir, não a dele. Com um sorriso, Jieun pegou o aparelho e saiu do bar. Um vento gostoso soprava. Ela colocou uma mecha do cabelo preto esvoaçante atrás da orelha e deu um passo em direção a Haein, do outro lado da linha.

— Está tudo bem comigo. Não aconteceu nada, só dormi por dois dias seguidos.

— Jieun, você não se machucou? Não está doente?

Haein ficou mais tranquilo ao ouvir a voz dela. Soltou um suspiro de alívio. Desde a primeira vez que a tinha visto pelo visor da câmera, ele não parava de pensar nos olhos tristes de Jieun. Às vezes, sentia dor de cabeça de tanto pensar nela, mas, no momento em que ia até a lavanderia e a encontrava, a dor se dissipava. Não dava para entender. Ele já se apaixonara antes, mas nunca se sentira tão confuso e cauteloso daquela maneira. Tinha vontade de proteger aquela mulher, que apaziguava o coração dos outros mesmo quando estava inteiramente mergulhada em tristeza.

No entanto, ela poderia desaparecer num piscar de olhos se Haein agisse sem pensar, por isso ele apenas orbitava ao redor dela. Ele também queria entender melhor os próprios sentimentos. Mas, depois que Jaeha dissera que Jieun havia sumido, Haein tinha passado aqueles dois dias tão preocupado que achou que enlouqueceria. Preferia arrancar o próprio coração a ver Jieun sumir outra vez, fosse num piscar de olhos ou evaporando que nem fumaça.

— Eu... Fique onde está — disse a ela pelo telefone. — Estou indo aí.

Jieun deu um passo para trás ao escutá-lo.

— Alô? Jieun, está me ouvindo? Eu já vou, por favor, espere um pouco.

— Hum... Haein, onde você está?

— Ah, na Galeria do Mar, mas se eu pegar um táxi, chego aí rápido. Amanhã começa a exposição, então fiquei preparando as coisas.

— Então eu vou até aí encontrar você.

Jieun deu dois passos à frente. Já pronto para pedir um táxi na rua, Haein se deteve. *Ela disse que vem. Para me encontrar.*

— Tem certeza? Melhor não forçar muito a barra se estiver se sentindo mal.

Jieun abriu um enorme sorriso ao escutar a voz preocupada de Haein. Havia mais uma coisa que ela gostaria de fazer pela primeira vez na Vila dos Cravos. O vento estava mesmo muito bom naquele dia.

— Sabe o ônibus que tem uma janela de vidro gigantesca?

— Ônibus que tem uma janela de vidro gigantesca? Hum... Acho que sei.

— Então, vou pegar ele para ir falar com você. Espere por mim.

O vento gostoso passou agitando o cabelo dos dois. Separados pelo celular, ambos radiantes. O cabelo de Jieun lhe fez cócegas quando ela retornou ao bar para devolver o aparelho a Jaeha, com uma expressão alegre no rosto. Yeonhee, que massageava a panturrilha enquanto comia o *kimbap*, parou de mastigar, espantada.

— Uế... que sorrisinho tímido é esse? Mas que bicho mordeu você hoje? Você não costuma pedir desculpa nem sorrir várias vezes no dia... Acho que você deveria ir ao hospital!

— Você que tinha que ir pro hospital, Yeonhee. Jieun, vou mandar o endereço da galeria por mensagem.

Yeonhee resmungou e botou outra fatia de *kimbap* na boca, enquanto Jaeha dava risada. Ele tinha escutado a conversa dos dois de trás da porta e quase soltara um grito de alegria sem perceber. Pela primeira vez, os olhos de Jieun brilharam quando ela disse que iria encontrar Haein. Seu olhar, que costumava ser triste e apagado, como se ela fosse um cadáver ambulante, estava cheio de vida.

Além disso, Jieun não saía da vila desde o florescer da Lavanderia dos Corações, e agora dava os próprios passos pela primeira vez. E como alguém que conseguia se locomover por meio de magia na hora que quisesse, ela ainda por cima estava indo pegar um ônibus. O que diabos estava acontecendo?

— A dona Yeonja falou que é muito bom pegar o ônibus aqui na vila, Jaeha. Eu já volto.

Jieun entregou o celular a Jaeha e abriu a porta para sair, mas parou e se virou.

— Minha senhora, obrigada pela refeição. Estava uma delícia! Você gostou do meu vestido florido, não foi? Vou procurar um igual para você!

Mais uma vez, os três olharam espantados para Jieun. O que os deixava tão espantados naquele dia? Ela acenou uma vez com a mão direita para eles e abriu a porta do bar. Agora, aos poucos, ia escolhendo escutar o próprio coração, em vez de lhe dar as costas. Caminhou até o ponto de ônibus seguindo o ritmo de seus batimentos cardíacos. Nem muito devagar, nem muito rápido. Talvez algum dia ela se arrependesse daquele ritmo, mas tudo bem. Mesmo que seu coração se equivocasse ao longo do tempo e ela acabasse ficando magoada, estaria tudo bem. Por aquele dia, Jieun criaria coragem para fazer o que seu coração mandasse.

Ela foi pegar o ônibus da janela de vidro gigantesca. Havia derrubado as paredes que prendiam seu coração, e abrir a porta e entrar no ônibus eram o primeiro passo para a liberdade — num ritmo elegante como uma valsa. As pétalas azuis que balançavam na barra de sua saia dançavam junto com ela. E, com as pétalas, surgiu o vento. Tanto na rua quanto no coração dela. O mesmo vento que soprava por todos nós.

— O vento sopra, devemos tentar viver.

Sua voz vibrante e cheia de energia ecoou pelo beco. Os postes de luz da Vila dos Cravos iluminaram a cidade junto com a voz dela. A luz brilhava. Mesmo no meio da escuridão, uma luz aparecia para brilhar sobre o caminho.

— Jieun! Leva o cartão do ônibus! Não importa qual feitiço você use, vai precisar do cartão para pegar o ônibus!

Ofegante, Jaeha correu até o ponto de ônibus e deu o cartão para Jieun. O ônibus tinha chegado na mesma hora, e Jieun embarcou. *O que eu faço agora...?* Ela tentava se sentar num banco grande ao lado de uma janela quando o motorista a abordou:

— Moça, o que está fazendo? Tem que passar o cartão aqui para entrar!

Ele cutucou o dispositivo validador do ônibus e olhou para Jieun. Ela passou o cartão no local que o motorista havia indicado e voltou a se sentar, sorrindo à toa. Ainda tinha coisas a fazer pela primeira vez. Estava tão animada como ao chegar à centésima vida.

Pela janela aberta, o vento quente fazia cócegas no rosto de Jieun. O ônibus descia serpenteando por uma ladeira em direção ao centro da cidade, e, do lado de fora, as pessoas faziam o mesmo. As que andavam apressadas pela rua, as que encontravam e abraçavam seus amores, as que carregavam várias embalagens de comida, as que estavam cansadas e só olhavam para o celular, com fones de ouvido, e até as tantas que iam andando imersas em alguma conversa. Dentro e fora do ônibus, as pessoas viviam uma enorme quantidade de cenários cotidianos. Cada uma delas tinha um cenário diferente que harmonizava com o da cidade.

Os desconhecidos passavam uns pelos outros com indiferença, mas estavam indo para o mesmo lugar. Enquanto isso, em todas as suas vidas, Jieun sentia-se uma forasteira. Naquele dia, porém, o sentimento era de que fazia parte do cenário diante de seus olhos, sem ressalvas. Pela primeira vez desde que decidira repetir sua vida, engatando um renascimento atrás do outro, ela se sentia parte daquele mundo. Era uma sensação de estar em harmonia com a vida, um alívio que não sentia fazia um bom tempo. E que a emocionava.

— Próxima parada, Galeria do Mar — foi anunciado enquanto ela admirava a vista da janela.

Ao ver as pessoas que iam descer apertarem o sinal de parada, Jieun fez o mesmo. De longe, conseguia ver Haein à sua espera. Por que uma pessoa tranquila como ele estaria andando de um lado para outro, parecendo tão nervoso? Ao vê-lo naquele estado de ansiedade, o coração dela acelerou. Foram longos trinta segundos entre os sinais.

— Jieun! Está tudo bem? Você ficou muito doente? — perguntou Haein, se aproximando com impaciência.

Assim que viu Jieun descer no ponto de ônibus, ele deu uma boa olhada na aparência dela. Durante os dois dias em que achava que ela havia sumido, ele não conseguiu se concentrar no trabalho. A sensação de arrependimento era forte. Ele achava que deveria ter confessado seus sentimentos, sem perder tempo pensando e alimentando dúvidas. Expressara seu amor por ela à sua maneira, mas não tinha imaginado que ela pudesse desaparecer. Deveria ter criado coragem antes. E se arrependeu tanto...

Ao avistar Haein — com os olhos vermelhos, como se não tivesse dormido bem, e a barba por fazer —, Jieun o cumprimentou.

— Dormi por dois dias inteiros — respondeu. — Acordei depois de ter tido um sonho. E não estou mais doente.

Os olhos dela não expressavam a tristeza de antes. *Que alívio.*

Quando Haein ficou mais tranquilo, o brilho nos olhos de Jieun voltou, e ela continuou a falar. Mesmo que dissesse pouquíssimas palavras, seu coração falaria por ela. Havia relaxado.

— Haein, me empresta seu celular rapidinho?
— Meu celular? Ah... aqui.
— Este é meu número. Vou salvar.

Jieun ligou para o próprio número pelo celular de Haein, assim eles poderiam adicionar o contato um do outro. Ela devolveu o aparelho para ele, que inseriu o nome dela com o maior carinho. Pouco antes, ele estava pronto para confessar seus sentimentos assim que a encontrasse, mas agora que ela estava ali na sua frente, ele não conseguia pensar em nada, a mente vazia. O que deveria fazer? Aflito, ele abriu a boca.

— Vamos dar uma volta? — sugeriu.

Jieun respondeu com um sorriso. Os dois começaram a andar lado a lado.

As cores do outono tomavam a rua, e o vento soprava na direção deles, carregando o cheiro de mar. Os carros na rua aceleravam e freavam. As pessoas se encontravam e se despediam. E os dois também se misturavam ao cenário da rua enquanto caminhavam.

— Desde que cheguei à Vila dos Cravos, é a primeira vez que venho ao centro. Sabe aquela sensação de ter chegado em outro planeta?

— Sei. Parece mesmo outro planeta. É complexo, acelerado, e o coração até bate mais rápido. Mas e aí, como foi andar no ônibus da janela de vidro gigantesca? — perguntou Haein, nervoso.

Ele não sabia se o que fazia seu coração bater mais rápido naquele momento era estar passando pelo centro da cidade movimentado ou estar ao lado de Jieun. Ela olhou para ele e sorriu novamente, enquanto ele coçava a cabeça. Estava em apuros. *Será que meu coração está com defeito? Por que está batendo tão rápido?*

— Não tem nada de especial em andar de ônibus, mas senti como se estivesse do lado de fora da janela e, no meu coração, escalasse uma montanha. Às vezes, na vida, a gente tem mesmo a sensação de estar escalando uma montanha. E acha que vai se sentir melhor depois que terminar, mas aí nos deparamos com a montanha de novo. Só que, assim que desci do ônibus, meu coração ficou leve, como se eu estivesse descendo a montanha e nunca mais fosse encontrá-la. Incrível, né?

Haein concordou com a cabeça.

— Talvez o pessoal que vai até a Lavanderia dos Corações para limpar as manchas também se sinta assim. E acho que agora entendo um pouco melhor.

Jieun tinha passado todo aquele tempo lavando as manchas e engomando os vincos no coração das pessoas, na expectativa de que elas ficassem mais leves. Era curioso e, ao mesmo tempo, maravilhoso ver a expressão abatida com que entravam na lavanderia se transformar em um semblante calmo e revigorado. Mas como seria viver aquilo na pele? Ao rezar pela felicidade deles, com o coração aceso que nem uma vela, Jieun desejava secretamente um dia também experimentar aquele sentimento. Apenas não sabia se seria possível.

Naquele dia, porém, ela suspeitava que tinha compreendido aquela sensação.

Ao chegarem na frente da Galeria do Mar, Haein, que esperava um pouco, para não perturbar os pensamentos dela, parou e falou:

— Quer voltar comigo de ônibus? Às vezes é melhor subir a montanha acompanhado do que ir sozinho.

— Hum… Tudo bem. Ah, vai ser aqui a exposição?

— Vai. Decidi expor pela primeira vez as fotos que tirei com a câmera da minha mãe. Quer dar uma olhada?

— Quero.

Haein tinha ficado muito tempo com o coração trancado. Depois da morte dos pais, passara a tirar fotos com a câmera da mãe o tempo todo, mas não as revelava. Só após ter tirado uma daquela mulher chorando no terraço foi que ele decidiu trazer à tona as lembranças que haviam ficado guardadas. Ele pensava que só a realidade era visível numa fotografia, que era impossível capturar emoções, mas depois de registrar com a câmera a tristeza daquela mulher, sentiu vontade de revelar as fotos que tirara.

Ele revelou todo o conteúdo de uma caixa lotada de filmes e alugou uma pequena galeria de pouco mais de trinta metros quadrados para montar sua exposição. Havia se preparado na esperança de que ela visse aquela foto. Haein acendeu as luzes da galeria e mostrou o caminho a Jieun.

— Na verdade, tem uma foto que eu queria mostrar para você — anunciou.

Assim que eles entraram, Jieun se deteve na frente da enorme fotografia. Havia ficado assustada.

— Ah... Como pode ter uma fotografia disso? Não era nem para conseguirem ver...

Na imagem, lágrimas se prendiam nos longos cílios escuros de uma pessoa. A mulher de olhos tristes naquela imagem, com o pôr do sol ao fundo, era Jieun.

— Pode ser que as pessoas não enxerguem nada, só uma mancha branca. Será que apenas você e eu conseguimos ver?

— Como...? Você também...?

— Ah... Isso... É que... Vou falar devagar. Vem comigo?

Jieun estava boquiaberta. Ele abriu um sorriso calmo e fez um gesto para a direita com a mão. A câmera que Haein sempre carregava estava sobre uma caixa de plástico, em frente a uma parede branca. Ao lado, havia uma impressora fotográfica com a frase "O instante decisivo" escrita. Era uma ação para que os espectadores pudessem fazer suas próprias obras de arte ali mesmo, na sala de exposições.

Haein tocou delicadamente os ombros de Jieun, que seguia com um semblante confuso, e a guiou até uma cadeira de frente para a parede. Ao sentar-se e ler o título da obra, Jieun foi acometida por uma enxurrada de pensamentos.

— Leva uma vida inteira para capturar o instante decisivo, mas todos os dias são instantes decisivos. Foi Henri Cartier-Bresson quem disse isso, não?

— Pois é, por isso coloquei esse título. E hoje é um bom dia. Quando pensei nesta obra, você era a primeira pessoa que eu queria fotografar. Obrigado por ter vindo.

Com um sorriso tímido, ele pegou a câmera em cima da caixa e acertou o foco. O rosto de Jieun espelhou o largo sorriso de Haein. Aquele sorriso era uma extensão do bom humor dela.

— Posso tirar uma foto sua?

— Claro.

— Feche os olhos por um instante e pense no momento mais feliz da sua vida.

Jieun fechou os olhos conforme a instrução de Haein. Qual tinha sido o momento mais feliz de sua vida? Ela achava que só uma situação muito especial seria capaz de deixá-la verdadeiramente feliz. Achava que só alcançaria a felicidade se conseguisse corrigir os erros do passado. E fazia muito tempo que havia até escolhido não ser feliz, pois acreditava não ter esse direito.

Porém, contudo, todavia, todos os momentos de sua vida eram preciosos e cheios de amor. *O passado, ainda que repleto de arrependimentos; o presente, em que descobri uma forma de me amar; e o futuro, onde talvez eu consiga envelhecer. E mesmo que eu não seja capaz de desfazer o feitiço e renasça outra vez, vou ser feliz, porque toda essa existência foi escolha minha.* Comovida, ela ergueu a mão até o peito para sentir seu calor.

Alguns dias, ela desejava não ter coração. Achava que sem ele não sentiria qualquer mágoa ou tristeza. Queria poder tirá-lo e lavá-lo, para viver sem esses sentimentos depois que o colocasse de volta no lugar. Será que havia nascido com aquele dom especial de limpar as manchas no coração das pessoas exatamente por não ser possível retirar o próprio?

Nos dias em que soubesse que se sentiria triste, talvez pudesse tirar o coração com antecedência, e depois era só o colocar de volta nos dias felizes. Se fosse assim, seria possível sentir empatia com quem estivesse sofrendo? Ela conseguiria limpar as manchas das pessoas, acender seu coração que nem uma vela e mandar os sofrimentos embora, por meio das pétalas lançadas ao céu?

Ah... as pétalas...

Jieun suspirou. As pétalas. Ela pensou que tivesse ficado sozinha após ter perdido seus entes queridos, mas, no fim das contas, as pétalas que viviam à sua volta representavam o coração daquelas pessoas. Para que Jieun não se sentisse solitária, manchas haviam se transformado em lindas pétalas de flores, sempre por perto. Até aquele momento, ela achava que estava consolando os outros, quando, na verdade, também vinha sendo consolada pelas pessoas que a acompanhavam pela vida.

Ao ouvir a conversa dos pais, Jieun havia descoberto que era detentora de dois dons. E que talvez o dom de tornar sonhos realidade tivesse vindo para complementar o de apaziguar o coração das pessoas. *Será que hoje não é justamente o dia com que eu tanto sonhei? Porque aqui, hoje, entre a mágoa, a tristeza e a alegria, eu me amo, me aceito do jeito que sou e estou pronta para florescer. Talvez fosse exatamente esse o segredo que meus pais queriam me contar.* A ideia lhe ocorreu e passou num piscar de olhos, mas a sensação foi de ter durado uma eternidade. Por fim, Jieun abriu os olhos.

Click!

Assim que a fotografia foi tirada, a impressora conectada à câmera a revelou. A vida era mesmo uma série de segredos surpreendentes. Os olhos da Jieun na foto continham os sorrisos das pessoas que viviam junto com ela. As que estavam a seu lado no presente, as que tinham marcado sua vida em outros tempos, e mesmo aquelas de quem ela sentia saudade.

Naquele instante, as pétalas se desprenderam da barra da saia de Jieun e começaram a rodopiar em volta dela e de Haein. A galeria ficou mergulhada em pétalas azuis como as ondas do mar.

Talvez, lá no fundo, todo mundo fosse capaz de transformar sonhos em realidade, sem que fosse necessária qualquer magia. Se a força para criar a vida que se quer — por mais que haja erros e surjam novas manchas — era um privilégio e um poder concedidos àqueles que amam a si mesmos do jeito que são, então essa habilidade mágica não era algo reservado somente para pessoas específicas, mas um dom a que todos poderiam ter acesso. Teria Jieun chegado àquele mundo exatamente para compartilhar esse segredo?

Num emaranhado de emoções confusas, Jieun alternava o olhar entre a fotografia e Haein. Foi então que percebeu o cheiro de sol que vinha dele. Ele sorria, radiante, com os braços estendidos tal como as peças no varal do terraço da Lavanderia dos Corações. E cheirava como as roupas lavadas secando sob o sol.

— Bem-vinda ao Estúdio de Fotos dos Corações — anunciou Haein.

Os dois começaram a rir juntos. Estava um dia lindo, que refletia o brilho dos olhos deles.

EPÍLOGO

— É sempre assim. Se a gente está com algum problema cabeludo, quer saber logo quando isso vai passar. E se os dias estão muito tranquilos, bate uma ansiedade do nada. Você fica se perguntando o que está acontecendo, por que não tem nenhum problema, e começa a questionar um monte de coisas. Agora, em momentos assim, que tal vir até a Lavanderia dos Corações? Apareça por aqui, vamos conversar. E depois você vai se sentir mais leve, como se tivesse tirado uma mancha do seu coração.

— Corta! Que talento, hein, Lee Yeonhee?!

Todo fim de semana, Jaeha e Yeonhee iam até a Lavanderia dos Corações para ajudar nas tarefas, e haviam começado a gravar vídeos para um canal no YouTube só para se divertirem. A sugestão tinha vindo de Yeonhee, que disse que não se sentiria constrangida falando na frente das pessoas, já que tinha experiência como vendedora do setor de cosméticos. Jaeha, cujo coração acelerava sempre que gravava um vídeo, aceitou a proposta dela com o maior prazer. Nos dias úteis, ele dava tudo de si no trabalho, e, nos fins de semana, gravava os vídeos com Yeonhee.

Jaeha sempre tivera a sensação de que a vida era uma gangorra mal equilibrada. Um lado nunca subia, e parecia que era nesse que ele ficava o tempo todo. Só que, nos últimos tempos, ele sentia que a gangorra estava se movendo. Desde o dia em que a Lavanderia dos Corações havia florescido e ele criara coragem para entrar, a gangorra tinha começado a se mexer. Talvez aquele tivesse sido o dia em que sentira mais coragem em sua vida.

Jieun apareceu com um *kimbap* feito pela dona do Nosso Botequim.

— Daqui a pouco vocês dois estão tocando a lavanderia sozinhos — comentou.

— Caramba, Jieun, ainda não consegui me acostumar com você brincando conosco com essa cara séria — disse Jaeha, fingindo estremecer, e pegou uma fileira de *kimbap*.

Yeonhee também se aproximou, mas, quando foi se servir, tomou o maior susto. O que era aquilo?

— Jieun! Você também tem cabelo branco?

Chocada ao ouvir aquela pergunta, a dona da lavanderia passou a mão no próprio cabelo. Como assim, cabelo branco? Era a primeira vez que ouvia aquilo.

— Cabelo branco? Onde?

— Tem um aqui do lado direito. Uau... que incrível!

Ao se aproximar das duas, Jaeha também enxergou o fio branco. Além disso, se prestasse atenção, dava para ver algumas rugas finas perto do olho dela. Como alguém que parecia nunca envelhecer podia ter cabelo branco e rugas?

— Posso arrancar?

— Claro que não. Quero ver no espelho.

Enquanto Jieun caminhava até o espelho, seus passos foram ficando estranhamente leves. Será que o envelhecimento que ela tanto desejava havia chegado? Cabelos brancos, rugas, pessoas que ela amava e não a deixavam... Seria aquele o início de uma vida em que envelheceria naturalmente junto delas?

Durante o tempo em que administrava a Lavanderia dos Corações, Jieun se deu conta de que o presente recebia aquele nome por ser exatamente isso, o presente mais especial de todos. Por mais remorso que alguém pudesse ter, o passado já não estava mais ali, e o futuro era algo longínquo, que ainda não havia chegado.

Por isso, era preciso viver o "hoje". Receber cada dia como um presente.

— Yeonhee, Jaeha, posso contar um segredo a vocês?
— Opa, um segredo? Que segredo?
— Espera aí, vou ver se não tem ninguém por perto para escutar.
— Mas é um segredo que as pessoas já sabem.
— Ué, então não é segredo. Que sem graça!
— Não quer ouvir?
— Não, espera. Lógico que quero! O que é?
— Sabiam que vocês também têm um dom especial, como eu?
— Sério...?
— Aham. O dom de fazer as coisas acontecerem só de acreditar.

Yeonhee e Jaeha se entreolharam e voltaram a encarar Jieun, esperando que ela continuasse a falar. Ela prendeu o cabelo no alto, abriu um sorriso puro e colocou as mãos nos ombros deles.

— Se vocês dizem que o caminho que estão percorrendo é o caminho correto, se acreditam que suas escolhas estão certas, então, no fim, é assim que vai ser, e vai dar tudo certo. Vocês têm dentro de si o poder de fazer o que querem, o que acreditam, de obedecer ao próprio coração. Então, não tenham dúvidas, e acreditem em vocês. Acreditar que são capazes é o suficiente.

Jieun deu dois tapinhas mais fortes nos ombros deles e continuou:

— E lembrem: o melhor presente que um ser humano pode receber vem embrulhado em adversidades. Se estiverem passando por problemas hoje, é porque estão se preparando para receber um presente. E talvez vocês desembrulhem algo incrível.

Jieun deixou os dois imersos nos próprios pensamentos e subiu devagar as escadas até o terraço. Ela se recostou numa cadeira posicionada no centro do espaço e ficou observando o sol brilhar. Estava muito cedo para mandar as pétalas aos céus.

Ela fechou os olhos e deu um sorriso tranquilo. Sentiu o calor do sol, com a expressão mais relaxada do mundo. Estava quente, mas não muito. *Eu já sei por que vim a este mundo. Foi por este instante, exatamente agora.* Um maravilhoso agora, em que ela poderia envelhecer naturalmente.

— Está um clima perfeito para uma sonequinha da tarde...

- intrinseca.com.br
- @intrinseca
- editoraintrinseca
- @intrinseca
- @editoraintrinseca
- editoraintrinseca

1ª edição	ABRIL DE 2024
reimpressão	MAIO DE 2024
impressão	IMPRENSA DA FÉ
papel de miolo	LUX CREAM 70G/M²
papel de capa	CARTÃO SUPREMO ALTA ALVURA 250G/M²
tipografia	MINION PRO